耽溺の淫宮

Hana Nishino
西野花

CHARADE BUNKO

Illustration

Ciel

CONTENTS

「儂《わし》はやはり、お前が適任だと思うのだ」

王宮の奥まった部屋に王と王妃、そして四人の兄弟たちが集まっていた。長方形のテーブルの端に座っていたイリヤは、俯《うつむ》いていた顔を上げて王である父を見やる。

「私が、ランティアに……？」

「そうだ。重大な任務だ。頼めるか」

イリヤは父から兄弟たちを順番に見た。フェリクス王国の第一から第三王子までの兄たちは、イリヤがなんと答えるのかわかっているような顔をしていた。最後に王妃である母を見たが、彼女はイリヤと視線を合わせた後、申し訳なさそうに目を逸《そ》らす。それを見て、イリヤは小さく微笑《ほほえ》んだ。

「私でお役に立てるのならば、微力ですが力を尽くします」

「そうか、行ってくれるか！」

父王は明らかにほっとした様子だった。

「イリヤ……、あなたにだけ負担をかけてしまって申し訳なく思います。ですが、どうかよろしく頼みますよ。ランティアのカノア王に、なんとしても力を貸してもらわなければ」

それに答えたのはイリヤではなく、一番上の兄だった。

「大丈夫ですよ母上。噂《うわさ》ではカノア王は部類の美形好きだとか。イリヤなどかの王の好みにぴったりでしょう」

「そのような物言いをするものではありませんよ、キノフ」

母が兄を窘《たしな》める。兄は苦笑して肩を竦《すく》めるのだった。だが、なおも兄は続ける。

「そうでしょうか。母上がイリヤを殊の外美しく生んだことでこの国が救われるのです。むしろ、誇るべきでは」

母は目線を俯け、もう何も言わなかった。

兄たちがそう言うように、イリヤは確かに目を見張るほどの美貌を持っていた。ごく緩やかに波打った銀の髪は背の半ばほどまで届き、その瞳は夕焼けの色を写している。白い貌《かお》は硬質で禁欲的な印象を与えるが、唇は柔らかそうで、時たま目を離せないほどの色香を放つことがある。

有能だが遠慮のない物言いをする長兄には、「お前が姫だったなら」とよく言われていた。イリヤが女であったなら、政略において重要な国に嫁ぎ、その美貌でもってフェリクスに有利なように国を誘導することができるだろうと。

そしてイリヤは、男のままその役目を果たす時が来たのだ。

「ランティアは一年中青空が広がり、凍らない海がある温暖な国だとか。ここよりもよほど過ごしやすいのではないか」

二番目の兄が場を取りなすように言う。

北にあるこのフェリクスは一年の半分以上が雪に覆われる厳しい大地にある国だった。それでも、鉱山が連なる山脈が国土にあるためにそれなりに富んではいたが、心許《こころもと》ないのは軍事面だった。何しろ冬場は港が凍ってしまう。周辺国との連携が不可欠だったが、それらの国の多くが同盟を結んでいる国があった。南の大国、ランティアだった。

「そうと決まれば、早いうちに出発せねば。ぐずぐずしていると港が凍ってしまう」

「季節風に乗ればさらに早く到着することにできますしね」

フェリクスとランティアは大陸の北と南に位置するため、陸路では膨大な時間がかかってしまう。その点船であれば大幅に旅程を短縮することができる。また、年に一度の季節風の追い風により、船はさらに速度を上げることができた。

「出発は一月《ひとつき》後だ。よいな、イリヤ」

「――――はい」

イリヤは父に向かって、恭しく頭を下げた。

群青色の波が白い飛沫《しぶき》を上げて船体に切り開かれていく。イリヤはその様を飽きもせずに眺めていた。

南へ南へと南下していく船。そしていずれは、ランティアと呼ばれる国に辿《たど》り着くのだろう。

フェリクスを発《た》ってからはや五日。イリヤも船上での生活に慣れようとしていた。

「船酔いは大丈夫ですか、殿下」

この船の船長が、イリヤに向かって話しかけてくる。

「煎《せん》じた薬草がよく効いている。心配はないようだ」

「そうですか。ならばよかった。毎日欠かさずにお飲みください。ご気分が悪くなったからと言って、下りることはできませんからね」

フェリクスを発つ時に、母が大量に持たせてくれた煎じ薬のおかげで、イリヤは船酔いに悩まされることがなかった。おそらくせめてもの罪滅ぼしなのだろう。そんなに申し訳なく思う必要はないのに。

「船長たちは、船に酔うことはないのか」

「私たちはもう慣れてしまいましたから。我々は新米のうちはゲロ……嘔吐《おうと》を繰り返しながら仕事を覚えていくものです」

船乗りは気が荒いといわれている。それに従って、船長はつい下々の言葉を使ってしまって、慌てて言い直した。イリヤはそれを聞こえなかった振りをする。

「ランティアまで、あとどのくらいだろうか」

「季節風に乗れましたから、半月というところですね」

「そんなに早くか」

イリヤは空を見上げた。フェリクスを出発してから、日を追うごとに暖かくなっていくのを感じる。南の国とは、いったいどんな国なのだろうか。

「ランティアはいいところですよ」

「どんなところだ」

「暖かいので、着込む必要がありません。男たちなどはよく腰巻き一枚でいます。それに、酒も食い物もうまい。いろんな花が咲いていて、女たちは情熱的で――」

「まるで理想の国だな」

苦笑しながら言うイリヤに、船長は慌てて取りなすように告げた。

「もちろん、我が国フェリクスに優《まさ》る国はありません！　しかし、地理的特色というものはどうしてもあるものでして」

「わかっている」

イリヤは頷《うなず》いた。船長を責める気はなかった。

「だが、私はフェリクスを出たことがない。いきなりそういった何もかも違う国に行って、

だろう。

イリヤは小さく笑った。この船長も、自分がランティアに行く理由を薄々わかっている
「イリヤ殿下であれば心配はありません」

馴染《なじ》めるとよいのだが」

フェリクスにいるイリヤの兄たちは皆優秀だ。イリヤ以外の者はそれぞれ要職につき、国に貢献している。だが王子も四番目ともなれば、両親の関心も薄れるというものだ。母親は優しくしてくれるが、イリヤに対し王族としての働きは期待していない。それでもまだイリヤが社交的で対外的な性格であったなら話は違っていただろう。外交に使える人間は何人いてもいい。けれどイリヤは正反対だった。今年で二十歳になるが人前に出ることを好まず、勉強ばかりしている。たとえ容色に優れていてもそれを生かす場がないとよく兄たちに嘆かれていた。

私は国にとって必要のない人間なのだ。

イリヤはいつしかそう思うようになっていた。だから父にお前の働きがいると言われて、正直嬉《うれ》しかった。たとえその先に待つ役目がどんなことだったとしても。

ランティアは奔放な国。そんな噂はよく耳にしていた。性的に放埓《ほうらつ》な国であり、男であれ女であれ欲望に正直なのだと。

イリヤは客人としてランティアに迎えられるものの、つまりはそんな国の王に差し出さ

れたも同然である。

母は煎じ薬を渡す時に、イリヤにこう囁《ささや》いてきた。

――死んだつもりになって耐えなさい。何か楽しいことを考えていればすぐに終わります。

イリヤは返事をすることができず、そのまま船に乗り込んだ。母の言葉の意味を考える。彼女もそうやって、四人もの子供を産んだのだろうか。

向かう先にはきっと、これまでとは想像もつかないような出来事が待っているのだろう。

(それでも王族として生まれたからには義務を果たさねばならない)

それが飢えることも寒さに震えることもなく暮らしてきた者の責務だ。

イリヤは高い空を眺め、決意を固めるように自分に言い聞かせるのだった。


航海は順調に進み、船はランティアの港に着いた。

船室から見える港の様子に、イリヤの目が釘付《くぎづ》けとなる。まずその大きさ、次に人が多い、と思った。様々な年代の人間たちが陸の上を行き交っている。少し先に見えるのはバザーだろうか。港町の中に、一際鮮やかなテントを張っている区画があった。遠くてよく判別できないが、非常に多くの商品が集まっているように見える。

「イリヤ様。下船の準備が整いました」

「今行く」

甲板に出ると、もわっとした暖かな空気に包まれた。温室の中にいるようだった。船を下りると、ランティアの王宮からの迎えらしき者たちが進み出る。

「ようこそ、遠路はるばるお越しくださいました。私はカノア様の家臣が一人、アラクと申します」

「イリヤです。どうぞよろしく」

アラクはイリヤの手を取ると、恭しく押し頂いた。アラクは癖のある赤毛をした彫りの深い美男だった。おそらくは若い。白い麻のシャツとズボンを身につけていたが、よく鍛えられた体軀《たいく》を持っていそうだった。

イリヤは額にじわりと汗が滲《にじ》むのを感じ、息をついた。

「そのお召し物ではランティアでは暑いかと存じます。王宮に着きましたら、こちらの衣服を用意させていただいておりますゆえ」

「すまない、世話をかける」

「とんでもございません」

アラクはイリヤを馬車に促す。窓を閉めると暑いので開けたままにしておいた。馬車が動くと、通りの脇から様々な人が興味深そうにこちらを見てくる。雪のように白い肌と銀色の髪をしたイリヤが珍しいのだろう。だがそれはイリヤも同じだった。建物も人々の衣服も色が多い。極彩色といってもよかった。それらは雑多な印象を与えたが、非常に活動的であり、生命力に溢《あふ》れているような気がする。

少なくともランティアという国は、イリヤにとってよいイメージを与えていた。

やがて緑の多い地域に入り、大きな葉が道にせり出してくるような通りを走る。そこを抜けると一気に視界が開け、白と黄金の王宮が目に入る。壁は石に漆喰《しっくい》を塗っているのだろうか。至るところが金色に縁取られ、あるいは鮮やかな模様が描かれていた。堅牢《けんろう》な石造りのフェリクスの城とは大きく異なるその趣に、イリヤは目を奪われる。

「こちらへどうぞ」

案内されたイリヤは長い廊下を進み、一室に通された。

「こちらがイリヤ様にお使いいただくお部屋でございます」

そこは広く、よく調えられた部屋だった。北国育ちのイリヤのためにか、窓からはよく風が通り、ひんやりとした空気が漂っている。

「カノア王には、いつお会いできる？」

「本日はお疲れのことでしょうから、明日お目にかかるそうです」

「わかった」

アラクの言う通り、正直少し疲れている。明日にしてもらえるならばそのほうが都合がよかった。

「では私はこれにて。そうそう、この者たちは今後イリヤ様のお世話をする者たちです」

アラクにかわって前に出てきたのは、十五、六の少年と少女だった。二人とも身体《からだ》に布を巻きつけたような衣装を着ている。

彼らは少女がリコ、少年がラキと名乗った。

「初めましてイリヤ様。精一杯お世話をさせていただきます」

「なんなりとお申しつけくださいね」

「ありがとう。この国のことは不案内なので、よろしく頼む」

彼らは利発そうではきはきとしていた。イリヤも思わず表情が緩む。

「イリヤ様、お暑いのではありませんか？　お召し替えをいたしましょうか」

リコはそう言うと、奥の棚から衣服を持ってきた。

「こちらのお召し物は風通しもよく、涼しいです」

ラキの言葉に頷いて、イリヤは着替えさせてもらうことにした。袖を通したのは麻のようなゆったりとして白い上着と幅の広いズボンだった。なんだか身体が解放されたようで、ほっと息をつく。

「これはずいぶんと着心地がいいな。それに動きやすそうだ」

「よろしゅうございました。こちらにたくさん着替えをご用意しましたので、お好きなものをお召しになってください。着方がわからなければいつでもお手伝いさせていただきます」

そしていつの間にかラキがお茶を煎れてくれて、イリヤの目の前に置いた。独特な香りのするお茶だった。

「疲労を回復して、喉を潤してくれるお茶です」

口に含んでみると、微《かす》かな酸味と甘みがある。イリヤはそのお茶が気に入った。それではごゆっくりお寛《くつろ》ぎくださいとリコとラキが退室したので、イリヤは広い寝台の上に寝転んだ。

（ずいぶん遠くまで来てしまった）

ここにはもう、両親や兄弟の影はない。船でさえ二十日はかかるようなところだ。

目を閉じると、風の音と混ざって草花や木々の立てる音、そして遠くから人が立ち働くような音が聞こえてくる。

（気持ちをしっかりと持とう）

どんな目に遭ったとしても、自分を手放さなければいい。そうすればいつかきっとフェリクスに帰れる。あの北の大地に。

イリヤの息がすう、と深くなり、いつの間にか眠り込んでしまったのだった。

ふと気がつくと、窓の外が朱《あか》くなっていた。いつの間にかうたた寝していたらしい。もうすぐ日が暮れようとしていた。

目に入る夕焼けがひどく綺麗《きれい》で、イリヤはテラスから庭へ降りて少し散歩をしようと思い歩き出した。少し陽《ひ》が落ちると風がひんやりとしていて心地よい。通り過ぎる緑や花たちは、どれもフェリクスでは見ないものだった。

少し離れた場所から水音が聞こえてくる。誰かがいるのかと思って歩を進めると、噴水のような場所で誰かが水浴びをしている光景が目に入った。

「！」

こんな場面を見ては失礼に当たる。すぐに立ち去らねば。

イリヤはそう思ったが、足が動いてはくれなかった。イリヤの目は、目の前で水浴びをしている男性の姿に、釘付けになっていたからだった。

男は長身であり、それは見事な体軀をしていた。鍛えられた筋肉の張り。なめし革のような肌は太陽に愛されたような褐色で、腕や背中には刺青《いれずみ》が施されていた。緩く波打った黒い髪を頭の後ろで無造作にくくっている。

(誰だろう)

王族の誰かだろうか。

男は肉体も見事だったが、その顔立ちも整っていた。男らしい、意志の強そうな眉。瞳はおそらく空の青だ。引き結ばれた口は大きめで、きっと笑ったらもっと魅力的に違いない。

けれどもいかに男の造形が素晴らしいものであったとしても、イリヤはどうして自分が目が離せなくなっているのかわからなかった。男を見ていると、だんだん身体の芯のようなところが熱くなっていくような気がする。だがそれがなんなのか理解はできない。

イリヤの視線に気づいたのか、男は髪をかき上げるとこちらを向いた。視線が合い、イリヤはそこで初めて自分が棒立ちになっていることに気づく。

「――――お前は?」

「っ!」

イリヤはそれとわかるほどに息を呑《の》んだ。

「あ…あ、失礼しました。私はっ……!」

「その髪と肌の色……、もしやフェリクスのイリヤ殿か?」

男は噴水から出ると、側《そば》にかけてあった布で大雑把に自分の身体を拭きながら尋ねてくる。

「は、はい、そうです」

我に返り、男の裸体から慌てて目を逸らして答えたイリヤはちらりと目に入った男の腕の刺青の紋様に気づいた。

鷹《たか》に似ているその鳥は、確かこのランティアにだけ生息する鳥でギリスという。そのギリスの意匠を使えるのは王族だけなのだと来る前に学んだ。

――――この人は、もしや。

「こんな格好ですまない」

「い、いえ、大変失礼をいたしました」

一国の王族の水浴びを不躾《ぶしつけ》に眺めてしまった。どう罰せられても文句は言えない。イリヤが恐縮して縮こまっていると、男は腰に鮮やかな布を巻いてイリヤに向き直った。

「やはりそうか。少し毛色が変わっているからそうじゃないかと思った」

男は少しも気を悪くした様子はなかった。手招きされ、イリヤは恐る恐る彼に近づく。間近で見ると、ますます男性的な美しさに溢れている人だと思った。イリヤは心臓が高鳴っていくのを感じる。肌が汗ばんできた。

「暑いか？　ランティアはフェリクスと比べたら相当気温が高いだろう。胸元を開けるといい。風が入ってくる」

言う通りにすると、肌と衣服の間に風が通り、少し肌が冷えた。男は側の卓にあった冷たい飲み物を手渡してくる。酸味の強い果実の味だった。

「遠いところ、よく来たな」

「こちらの王の無聊《ぶりょう》をお慰めするために参りました」

「ほう」

イリヤが自嘲気味に言うと、男はおもしろそうに笑った。人の気も知らないでと、イリヤは少しムッとする。男の気安そうな雰囲気がそうさせているのかもしれない。こんな場所で水浴びなどしているような人だ。おそらく王の親戚筋か何かで、あまり畏《かしこ》まる必要のない人なのだろう。

「なるほど無聊を慰めるときたか。同盟関係への手土産《てみやげ》というわけだな。だが、そう深刻な顔をしなくてもいい。ここでの生活はお前が思っているよりも楽しいものになると思うよ」

「そうでしょうか。国のために役目は果たそうと思いますが、どんな目に遭わされるのかと思うと、正直怖いのです」

名も知らぬ男に、イリヤは知らず内心の不安を吐露していた。こんなことを口にするはずではなかったのに。きっと男の雰囲気のせいだ。太陽のような、それでいて崩れた色香のようなものを持つこの男の。

「国を思うお前のその健気《けなげ》な心は、きっと王の心も打つだろう」

そう言われてイリヤが顔を上げると、ふいに男が顔を近づけてきた。

「あ」

動けずにいると、唇に熱いものが重なってくる。それが目の前の男の唇だと気づくまでに数秒かかった。

「……っん……っ！」

生まれて初めての口づけ。それは唐突に訪れた。驚いて抵抗しようとしたイリヤだったが、男の舌が口の中にぬるりと這入《はい》ってきた途端に動けなくなる。

「…ん、ン……！」

まるで生きもののような肉厚の舌が口の中の粘膜を舐《な》め上げてくる。そのたびに背筋がじいん、と痺《しび》れるような感覚が這い上がってきた。これはなんだろう。口づけなのか。だとしたら、これはイリヤが想像していたものとはまったく違うものだ。頭の中が徐々に濁ってきて、立っていられなくなる。

「おっ…と」

かくりと膝が折れて、男に身体を預けてしまった。その指がイリヤの唇をなぞっていく。

「可愛《かわい》い唇だ」

男が離れていった時、イリヤははっとしてようやく我に返った。

自分たちは今、何をした？

「またな」

男は片手を上げて去っていく。その背中を、イリヤは呆然《ぼうぜん》として見送るしかなかった。

「イリヤ様。本日、陛下がお会いになるそうです」

ラキがそう伝えてきて、イリヤはいよいよかと緊張する。玉座のある謁見の間の前に案内され、ラキが「イリヤ様をお連れしました」と声をかけた。

「入ってくれ」

そう返答があって、イリヤが開けられた扉から中に入る。失礼にならないように目線を下げたまま入室し、玉座の前で頭《こうべ》を垂れた。

「お初にお目にかかります。このたびは遊学の許可をいただきありがとうございます。イリヤ・ゴードン・フェリクスと申します」

何度も反芻《はんすう》した口上を述べる。カノア王はどんな人なのだろう。昨日出会ったような人であったらいいのに――。そんな考えが浮かんで、イリヤは慌ててかき消した。今はそんなことを気にしている時ではない。

「顔を上げてくれ」

そう言われて、イリヤは顔を上げる。目の前にいるのはカノア王だ。だがその姿を見た時、イリヤは思わず声を上げそうになった。

「俺がカノア・マリル・ランティアだ」

イリヤの視線はそう名乗った男に釘付けになっていた。

「初めてお目にかかる——ではないかな?」

そこにいたのは、昨日水浴びしていた男だった。今は白いシャツの上に鮮やかな布を肩から垂らしている。だがそれは、間違いなく昨日イリヤに口づけした男だったのだ。

「……っ」

からかわれたのだ。自分の身分を隠して、彼はイリヤの内心の不安を慰めた。たちまち顔が熱くなるのがわかった。羞恥と、そして怒りとで。

「どうして……」

それだけを口に出すと、カノアはやや困ったように笑う。

「すまん。騙《だま》すつもりはなかった。ただちょっと言いそびれてしまったというのが本当かな」

イリヤはぐっ、と唇を噛《か》んで俯いた。

「お詫《わ》びをせねばならないのはこちらのほうですね」

本人を前にして、役目が怖いなどと漏らしてしまった。知らなかったこととはいえ、言い訳できる話ではない。

「いや、イリヤは悪くない。つい悪ふざけをしてしまった。許してくれ」

気安く謝ってしまうカノアにイリヤは驚いた。そんなふうに言われたら毒気を抜かれてしまう。

「い、いえ……」

「お前が不安に思っていることについても言っておこう。昨日も言ったが、ここでの生活は思っているよりも楽しいものになる」

イリヤはその言葉の意味がよくわからなかった。イリヤが思っているようなことにはならないということだろうか。それとも――。

「ランティアを愉《たの》しんでくれ」

カノアはにっ、と笑った。その意味ありげな笑みはイリヤの胸をざわつかせる。彼はいったい自分をどうするつもりなのだろう。

その後、部屋に戻ってからも、イリヤは悶々《もんもん》と彼のことを考え続けた。

そこへワゴンを引いてリコが食事の準備にやってくる。長椅子に腰掛け、物憂げにしているイリヤに、リコは恭しく声をかけてきた。

「陛下にお会いになったのですか？」

「会った」

「いかがでした？　陛下の印象は」

「逆に聞きたい。あの方はどういう方なのだ？」

「どう、と申されましても――」

煮込み料理の皿を置いてから、リコは頰に手を添えて首を傾《かし》げた。

「立派なお方です。それにお優しい。私どものような者にも、気さくに声をかけてくださいますし」

それは想像できる。イリヤが初めて会った時もそうだった。身分をかさに着ない性分なのだろう。けれどイリヤはあの時、それだけではない、何か底の知れないものを感じ取ってしまった。そして自分の肉体がどういうわけか妙な反応を返すことも。

「素敵な方だと私も思った。緊張している私に対し砕けた態度をとられていたし」

「そうでございましょう！」

リコはまるで自分が褒められたかのように嬉しそうな顔をした。

「そのうち、陛下のお渡りがあるかと思います」

彼女がまるで当然のことのように告げるので、イリヤは固まってしまった。よく考えれば当然のことだ。彼女は、そしておそらくラキも、イリヤがここに来た理由をわかっているのだ。

「心配なさる必要はありません。いいようにしてくださいます」

にこりと笑うリコに、イリヤは恐る恐る尋ねる。

「気を悪くしたなら許して欲しいのだが、私はフェリクスにいた時から、このランティアの噂を聞いていた」

「まあ、どんな噂でございましょう」

「ランティスの人間は奔放な者が多く、その……」

「ふしだらな行いをしている、と?」

先んじて答えたリコにイリヤは一瞬口籠《くちご》もる。すると彼女はどこか年齢にそぐわないような艶めいた笑みを浮かべた。

「そうですね…、この国で主に信仰されている女神様は、それはおおらかな方なんだそうです。それゆえに私どももそうなのかもしれません」

「おおらか、とは」

「ご興味がおありでしたら、書庫にある神話の本をお読みになってみるといいかもしれませんね」

そう言ってリコは書庫の場所を教えてくれた。誰でも入っていいから、と。

それから数日が経《た》ったが、未《いま》だにカノアのお渡りとやらはなかった。イリヤは朝を迎えるたびに、どこかほっとしたような、少しがっかりしたような気持ちを味わっている。

(昨夜《ゆうべ》も何もなかった)

それどころか、あれ以来カノアに会っていない。これでは本当にただの客人だ。

ため息をつき、持て余した時間をどう過ごすか考える。特にすることもないイリヤは、昼食の後、さっそく教えられた書庫に行くことにした。扉を開けると、そこは思ったよりも広い部屋だった。明かりはついておらず、空気はひんやりとしている。そして掃除こそされているものの、本や何かの道具が入った箱の類《たぐ》いは整理されておらず雑多な印象は否めない。ただ、本の種類ごとの索引がついているのだけは助かった。イリヤが書架を眺めていると、『神話』と書かれた札が目に入る。その棚を見つけたイリヤは『女神の艶話』というタイトルの本を手に取った。

側に長椅子があったので、上に積まれていた本をのけて座り、頁《ページ》を開いた。

『――――女神イシュマンティは、ランティアの国の大地を作り、空から男神を呼び寄せ、百日もの間交わり続けた。男神と女神の愛液が混ざり合い、それは湖となった。やがて子が生まれ、イシュマンティは人間を増やすために彼らに交合を勧めた』

このあたりは、まああからさまではあるが、国の創世話としてこういった形態がないわけではない。

『女神は人間の中から気に入った男女を選ぶと、自分の宮殿に招き、全員で交合を繰り返す。彼らが極めるたびに山が隆起し、川ができ、町となるべき土地ができた』

『人間たちは女神に喜んでもらおうと、それからも男女入り乱れて交合を続けた。そのうち、別の土地から呼んだ人間を喜ばせるようになった。外から来た人間の絶頂で土地はますます豊かになり、国は富んだ』

（外から来た人間）

イリヤはそれが自分のことのような気がして、思わずどきりとした。

それにしても、この本はなんだろうか。神話なのに下世話なことばかり書いてある。こんな本が王宮の書庫にあるなんて。

そう思いつつも、イリヤは本を閉じることができなかった。卑猥《ひわい》な文字を目で追っていくと、なんだか胸がどきどきしてくる。

『外から来た人間を、逃げられないように王宮に閉じ込め、手足を広げてくくりつけ、身体を舐め回す。何度も極めた外から来た人間がその肉体を火のように熱くして熔《と》けそうになると、カノアの王がその陽根で貫く』

とある儀式の手順だった。それを読んだ時、イリヤの身体の奥に不可解な感覚が走った。ツキン、と痛みとも疼《うず》きともつかないその感覚は、すぐにはなくならずにしつこくイリヤの中に残る。

（なんだ、これは）

ただ本を読んでいるだけなのに。

吐き出す息がはあっ、と熱を帯びる。知らず知らず自分の手が脚の間に伸びた。そして服の上から脚の中心を触ろうとした時。

「誰かいるのか？」

「────っ！」

心臓が止まるかと思った。

知らず知らずのうちに本の内容にのめり込んでいたところに声をかけられ、イリヤはびくりと身体を硬直させてしまう。その拍子に本が手から離れ、床に落ちた。

「──誰かと思えばイリヤ殿か」

「……っ、カノア、様っ……」

書庫に入ってきたのはカノアだった。書架の陰から姿を現した彼は、手に何冊かの本を持っている。

「すまん、驚かせてしまったか」

「い、いえ…、こちらこそ、失礼いたしました」

イリヤが髪を押さえながら言うと、カノアはイリヤの足下に落ちた本に視線を止めた。

「あ、そんな…！」

「熱心に何を読んでいたのだ？」

カノアは本を拾って表紙に目を通す。彼はタイトルを見ると、イリヤへと視線を移した。

「……あの、ランティアの神話に興味がありまして……」

言い訳がましく説明する。カノアは何も言わずにまず自分の持っている本を書架に戻すと、イリヤが読んでいた本を長椅子の上に置いた。

「言いにくいのだが、この本は神話を知るには少々刺激が強いほうだな」

カノアは悪戯《いたずら》っぽい笑みを浮かべている。

「えっ」

「これはいわゆる艶本に近い。タイトルにもそう書いてあるだろう」

イリヤは慌てて表紙を見た。確かに艶本と書いてある。

「ま、間違えたのですね、私は……！」

カアッと顔に朱が上った。耳まで熱くなってしまい、ここから一刻も早く逃げ出したい衝動に駆られる。そしてイリヤはそれに従おうとした。

「大変失礼をいたしました」

カノアの脇を通り過ぎようとした時、ふいに腕を摑《つか》まれる。

「待て」

「――――！」

思いのほか強く握ってきた手にどきりとした。

「少し話をしたいと思っていた」

「……な、何をでしょう」

「イリヤ殿の父上から書状を預かっている。ここにいる間、君のことを思うまま扱って構わない、と」

「……そうですか」

特に驚きはなかった。イリヤは最初からそのつもりでいる。

「イリヤ殿はそれがどんなことかわかっているのか？」

「……妙なことをおっしゃる。あなたはそのつもりで、先日私に口づけたのでは？」

今更そんなことを言うなんておかしいと思った。イリヤは自分の覚悟を示すように真《ま》っ直《す》ぐに彼を見上げた。

「覚悟など、とうにできています」

するとカノアはイリヤの両腕を掴むと、書庫の壁に縫い止めるようにして押しつける。

突然の行動に思わず身体が竦《すく》んだ。

「そんなに悲痛な顔をしていては何もできんよ」

カノアは苦笑するような表情をする。

「俺が最初にお前に口づけた時、嫌ではなさそうだと思ったんだがな？」

「……っ」

イリヤは目元を染め、銀の睫《まつげ》を伏せた。

「…っ経験が、ないので」

どうにかしてわかってもらわねばならない。自分はそれほど悲痛な覚悟をしているわけではない。だが、未知すぎる世界はやはり怖いのだ。イリヤはでも、と続けた。

「あなたに口づけられた時、嫌ではありませんでした。と言うか、何か…、気持ちよかった、ような……」

あの時の感覚をもう一度味わいたい。イリヤが目を伏せると、カノアが顔を近づけてきた。それだけでもう、イリヤは動けなくなる。

「顔を上げろ」

穏やかな命令に、イリヤはおずおずと顔を上げた。目の前にある男らしい端整な顔。真っ直ぐな青い瞳に射貫《いぬ》かれた。

「っ……」

二度目の口づけ。けれどそれは、今度は最初からイリヤを貪ってきた。ぬろ、という感触とともに肉厚の熱い感触の舌が這入ってくる。その瞬間に、背筋がぞく、と震えた。

「……っん…っ」

口の中の粘膜を舐められている。それがこんな快楽をもたらすものだなんて、イリヤはつい先日まで知らなかった。

口づけとは、恋人や夫婦などが愛情を確認するための行為。イリヤにとってそういった認識だったはずなのに、今のこれはまるで性行為の一部のようだった。

「……ふあっ……」

たっぷりと舌を嬲《なぶ》られ、ようやっと解放された時、イリヤは目に涙を滲ませながら熱い息を吐いた。両脚の膝が細かく震えている。そんなイリヤを見下ろしてカノアはふッ、と笑いを漏らした。

「――近いうちにお前の部屋を訪れる。その時に、この続きをしよう」

「……あ……っ」

カノアの大きな手が衣服の上から身体をなぞってくる。それだけでぞくぞくと震えてしまった。知らない。こんな感覚は。

「こ…の続き……？」

「そうだ。お前を……イリヤを裸にして、俺の舌と指で身体中を味わい、俺のものも味わってもらう。イリヤという人間を知るには、それが一番いい」

「ん、うっ！」

布の上から胸の突起を探し当てられた。指先で軽く転がすように触れられ、はっ、はっ、と息が乱れてくる。

（声が、出る）

そう思った次の瞬間、カノアの手がイリヤの身体から離れていった。

「その夜を楽しみにしている」

「……」

そう言い残して、カノアは部屋から立ち去っていく。部屋に一人残されたイリヤは壁を背にしたままずるずるとへたり込んでいった。心臓の音がさっきから速くて、顔は破裂でもしそうなくらいに熱かった。

身体の芯はまだ疼いて熱を持っている。それはなかなか治まりそうになくて、イリヤは長いことそこでじっとしていなくてはならなかった。


「イリヤ様。今宵《こよい》カノア様のお渡りがあるそうです」

「！」

それから数日後のことだった。ふいにラキにそんなことを告げられて、イリヤは激しく動揺してしまった。持っていたカップを危うく落としそうになり、ソーサーがガチャン、と音を立てる。

あの日、書庫でカノアと遭遇し、近いうちに抱くと宣言されて熱烈な口づけと愛撫《あいぶ》をもらった。イリヤはあの後、部屋に戻っても身体の熱がなかなか鎮まらずに寝つけなかったのだ。いっそ自慰をしてしまおうかとどれだけ思ったかわからない。それでもしなかったのは、イリヤの中に残る理性だった。

たとえこの国に来た本来の目的がなんであれ、冴《さ》えた頭でいなくてはならないと。

「イリヤ様?」

ラキが気遣わしげな表情でこちらを見ている。

「あ…あ、わかった」

「大丈夫ですよ。何も心配はいりません。準備いたしますね」

準備といっても何が必要なのかわからないが、その夜に使った湯は官能的な花のような香りがしていたような気がする。そしてイリヤが寝室に入ると香が焚《た》かれ、枕元にはいつもの水差しに加えて小さな瓶が置かれていた。どこかなまめかしい曲線の小瓶の中身がいったいなんなのか、イリヤには知る由もない。

肌を滑るような素材の寝衣を身につけたイリヤが所在なげにしていると、やがて部屋の扉が開く音が聞こえる。続きの間であるこの寝室へとためらいのない足音が近づいてきた。

「――――」

扉が開く。そこに佇《たたず》む人物を、イリヤは息も止まる思いで見つめていた。

「待たせたか」

低い声が背筋を撫《な》でる。イリヤは、いえ、と小さく答えたつもりが声にならなかった。彼の——カノアの姿を目にした途端、汗ばむほどの緊張に襲われる。

「どうした。震えている」

「っ」

カノアの指先が髪に触れた。この土地では見ない髪の色。そのイリヤのさらりとした髪を、カノアはめずらしそうに見つめている。

「月の光のようだな」

容姿を褒められることは初めてではない。けれどそれは、皆イリヤの立場ゆえだと思っていた。だからその言葉がイリヤの胸に届くことはなかったのだが、今こうして囁かれると、身体がふわふわするような感覚に包まれる。

「初めて見た時から、この白い肌はどんな味がするのかとずっと思っていた——」

「あっ」

そっと肩を押され、イリヤの肢体が寝台に沈み込んだ。それと同時に寝衣の帯が解かれる。湯で温められた肌が外気に触れ、ひやりとした感覚に肌が粟立《あわだ》った。けれどそこを熱い掌《てのひら》が撫でていく。

「力を抜いていろ」

「っ、ふっ――――」

カノアに何度も口づけられながら身体中の肌を撫でられた。肌と肌が触れ合う感触。最初は緊張していたイリヤの身体から力が抜けていった。いや、それどころか力が入らない。

「ふあっ」

「もう固くなっている」

カノアの両の指先が乳首に触れ、そこを巧みに撫で回された。先日少し触られた時もそうだったが、突起の先端から甘い痺れに包まれていく。それははっきりとした快感だった。

「ん、あぁっ、うっ」

乳首がくにくにと捏《こ》ねられ、時折ぎゅっと押し潰すようにされると身体の芯を何かが貫いていく。イリヤはそのたびに声が抑えられなかった。

「いい感度だ。ここは毎日可愛がってやろう。すぐにここだけでイけるようになる」

「あ……あ」

(気持ちいい……。どうしてこんなところが)

そこはこれまでほとんど意識せずに過ごしてきたところだ。それなのにこうして愛撫されると刺激に尖《とが》って卑猥な感覚を生み出す。摘《つ》ままれてこりこりと揉《も》まれ、腰の奥にビリッ、とした快感が走った。

「んん、あっ！」

「気持ちがいいか」

「はっ…、はっ、ど、うして……っ、弄《いじ》られてるの、胸…なのに……っ」

「ここを刺激すると、下半身も同時に気持ちよくなるんだそうだ。人間の身体は愉しむためにできている。そら、こっちももう勃《た》っている」

「あっ、んっ！」

カノアがイリヤの股間を脚で撫で上げると、そこはもうはっきりと隆起していた。欲情を示した自分のそれを目の当たりにしてしまって、凄《すさ》まじい羞恥が全身を包む。

「やっ、あっ…んっ」

力の入らない身体が逃げを打つ。だがそれは易々《やすやす》とカノアに封じられてしまった。

「は、恥ずかしい…ですっ、許してくださ…っ」

「何を言う。お前はこれから身体の内側まで俺に晒《さら》さねばならないというのに」

両腕を押さえつけられ、さらに大きく広げられた両脚の間に、カノアがもっと深く身体を割り込ませてくる。組み敷かれたイリヤはこれで完全に逃げ出せなくなった。

「な、あっ…、ああぁっ」

それまで指で愛撫されていた乳首が口に含まれる。カノアの舌で突起を転がされると最初はむず痒《がゆ》いような感覚に襲われたが、それはすぐに快感に変わっていった。舐め転がされ、優しく吸われて、そこからたまらない刺激が広がっていく。

「ん、あ…あっ、ああっ、はあっ」

感じて声を上げてしまう自分が恥ずかしい。けれどそれは次第に興奮へと変わっていった。カノアが乳首に軽く歯を立てた時、鋭い刺激が肉体の中心を貫いていく。

「んぁあっ」

イリヤは身体を跳ね上げて高い声を上げた。もう片方も指先でカリカリとひっかかれている。敏感な乳首を虐《いじ》められ、シーツから浮いた背中がひくひくと震えた。

「どんな感じがする?」

「あっ、あっ、へ、へ…んっ」

「感じた感覚を素直に口にするんだ。そうすればもっとよくなれる」

カノアの言葉が麻痺《まひ》しかかった思考の中に染み渡っていく。嬲られて膨らんだ乳首。それは舐められたりひっかかれたりするたびにイリヤの体内に快楽をもたらしていった。

「んんぁ…っ、き、きもち、いい……っ」

「いい子だ」

素直に訴えると褒められて嬉しかった。そしてカノアの頭が次第にイリヤの身体を下がっていく。

「脚を大きく開くんだ」

「……っ」

「言うことを聞けるだろう？」

低く囁かれる甘い命令。イリヤはほんの少し逡巡《しゅんじゅん》した後、彼の前に両脚をおずおずと開いていった。カノアの目にはきっと、卑猥に反応したイリヤの肉茎が映っていることだろう。その奥の窄《すぼ》まりもひくひくと蠢《うごめ》いていた。

「先端をこんなに濡《ぬ》らして」

「んふぁあっ」

イリヤのそれは先端から愛液をしたたらせて肉茎を伝っていた。カノアの指先でそれをつつうっ、となぞられて思わず腰が跳ねる。それ以上の刺激が欲しくて、無意識でねだるように尻を振った。

「いやらしい子だ」

「……あぁあっ！　あぁぁ……っ」

股間にカノアの頭が埋まり、その肉茎を口に咥《くわ》えられる。ぢゅる、と音を立てて吸われてしまい、その瞬間に腰骨がカアッと灼《や》けついた。強烈な快感が脳天まで駆け抜け、甘い刺激が下肢を蕩《とろ》かす。

「ん、はぁあっ、ア…っ、あ、ああぅんんっ……！」

そんなことをされるなんて思ってもおらず、イリヤは激しく動揺したが、それよりも快感のほうが大きかった。カノアの肉厚の舌が屹立《きつりつ》に絡みつき、ねっとりと舐め上げてくる。

頭の中をかき回されるような気持ちよさに理性がたちまち押し流されるようだった。

「ひ、ア、あ…っ、あっ！」

肉茎をしゃぶられながら脚の付け根をくすぐられて、内股《うちもも》がびくびくとわななく。裏筋を擦《こす》るように舐め上げられると全身がぞくぞくとした。

「いぃ…あぁあ……っ、も、もう、い…くぅ…っ！」

「初めての口淫なのだろう？　もう少し愉しめ」

カノアがイリヤの肉茎の根元を指で押さえつけた。すると甘苦しい感覚が下肢から這い上ってくる。イきたいのにイけない。もどかしさに身を捩《よじ》るイリヤの先端に、容赦のない愛撫が再び襲いかかった。ぴちゃり、と舌先が先端に押し当てられる。

「くう、ふうぅっ」

柔らかく熱い舌が鋭敏な部分を這い回っている。強烈すぎる快感にどうしたらいいのかわからずにシーツをかきむしった。狂おしいうねりが身体の中で駆け巡っている。

「あ、あ、だめっ、だ…めぇぇ……っ」

「ここと、ここが……弱いようだな」

裏筋から先端にかけてを重点的に舐められると意識が白く濁ってしまう。刺激が強すぎて逃げたい。それなのに、イリヤは腰をいやらしくくねらせていた。まるでもっとしてくれと言っているように。

充血した先端で小さな蜜口が苦しそうに開閉を繰り返している。そこを舌先で穿《うが》たれて、全身がびくびくとわなないた。

「ああっひぃ…ああ――っ！」

そこはたまらなかった。足の爪先まで痺れてしまい、腰から下が熔けそうになる。

「こ…んなっ、こんな…の…っ」

吐精を止められている肉茎は、優しく指で撫でられながら口淫され、舌でぬろぬろと濡らされた。

「い、イき、たい…っ、イきたい、です…っ」

「それなら誓ってもらおうか。ここにいる間、お前の肉体は俺の管理下に置かれる。どのような行為でも受け入れると」

「……っ」

そんなふうに言われて即答することはできなかった。どんなことをされるのかわからないのは怖い。

「誓えないのならこのままだ。朝までこうして舐めていてやろう」

「あんんっ…、くひぃぃ……っ！」

神経の密集した丸い先端を舐め転がされ、腰骨が砕けそうになる。それは快楽に耐性のないイリヤにとって我慢できるものではなかった。それに、どのみちここにはそのつもりで来たのだ。こんなに気持ちのいいことなら、もうどうなっても——。

「う、受け入れ、ますっ、私を、お好きにっ……、どんなことでも……っ」

屈辱的な言葉だったかもしれない。けれどイリヤはそれを口にした時、肉体が芯から熱くなるのを感じた。興奮しているのだ。屈服することに。

「いいだろう」

根元を押さえつける指が離れた。その瞬間忘れかけていた感覚がカアッと込み上げてくる。ぬるり、と肉茎が咥えられ、舌が絡みついてきて強く吸われた。

「んんっ！　あ、あっあっ！　……っあぁぁあ——……っ！」

こんな絶頂感は今まで感じたことがなかった。腰の奥で快感が爆発し、イリヤは全身をがくがくと震わせながら果てる。喜悦に秀麗な顔を歪《ゆが》め、反った喉からあられもなく極めた声が漏れた。

「ん、ふう、くぅう〜〜っ」

カノアの口の中で弾《はじ》けさせた白蜜はすべて飲み下されてしまう。残滓《ざんし》を拭うように舌が動き、その刺激すら敏感に感じ取ってしまった。

「……どうだ、感想は？」

はあはあと呼吸を喘《あえ》がせながらイリヤはうっすらと目を開ける。だが、頭がうまく働かない。

「……あ、頭が、真っ白で……っ」

「なるほど、それも正直な感想だな」

次の瞬間、両の膝の裏に手をかけられ、イリヤはさらに深く身体を押し開かれてしまう。ぎょっとして正気に戻りかけた視界に、カノアが再び脚の間に顔を埋めていくのが見えた。だが彼の舌先は、今度はイリヤの双丘の奥、窄まりへと伸びていく。

「あ、あ、ふっ」

ぴちゃりと舌先が触れ、そこを優しく舐め上げられた。何度も舐め回されて下腹の奥がずくん、と疼く。くすぐったさの混ざる快感に後孔《こうこう》がひっきりなしに収縮する。

「ああ、やぁあっ……、ん、ア、う…あっ」

後ろが感じるたびに、先ほど達したばかりの前方の肉茎にもじくじくと快楽が走った。中の壁が痙攣《けいれん》しているのが自分でもわかる。カノアはしばらくイリヤの後ろを舐めていたが、やがて顔を上げると枕元に置かれた小瓶を手に取った。蓋を取ると、甘い花の香りが立ちこめる。

「香油だ」

「んあ…っ」

たっぷりと手に取ったそれがイリヤの窄まりに塗り込まれた。指を挿《い》れられると、ツンとした快感が後ろから伝わってくる。肉洞の壁を撫でるように探られて腹の内側がひくひくと蠢いた。くちゅくちゅという音が響く。

「気持ちがいいか？」

「あ、は、わ、わからな…っ」

イリヤの表情に恍惚《こうこつ》の色が浮かんでいた。これが快楽というのかはよくわからない。だがじっとしていられず、今にも腰を振ってしまいそうな感覚に襲われていた。頭の芯がぼうっとしてくる。するとふいに後ろから指がずるりと抜かれた。

「——イリヤ、見ろ」

カノアの声にイリヤはのろのろと彼のほうへと視線を向ける。そこで見たものに思わず息を呑んだ。

カノアの天を突くような男根。それは自分のものとはまったく違っていて、太い幹にいくつもの血管を浮かび上がらせていた。長さも大きさも目にした時怯《ひる》んでしまうくらいだ。

「これがお前の中に挿入《はい》るモノだ」

——無理だ。

イリヤは咄嗟《とっさ》にそう思った。こんな凶悪なモノが自分の中に挿入るわけがない。

だが、イリヤの目はそれに釘付けになっていた。怖いのに、目が離せない。

「安心しろ。痛くないようにしてやる」

「あっ！」

身体を開かれ、膝が胸につくほどひどい格好にさせられた。カノアはイリヤに見せつけるように、ゆっくりとその先端を窄まりに押しつける。

「力を抜いていろ。ゆっくりと呼吸をするんだ」

そこにぐぐっと圧力がかかり、カノアの先端が挿入り込んできた。

「うう、ああっ……」

息が止まるような圧迫感。だが同時に背筋がじんわりと甘く痺れる。内壁が勝手に収縮して男根に絡みついていった。

「んっ…ん、くうう――…っ」

「そうだ。覚えがいいな…。どんどん呑み込んでいく」

「あ、あっ…あ、なか、擦れっ……」

太いものが内壁を擦り、ぞくぞくとした波が背中を舐め上げていく。それは紛れもない快感だった。じっとしていることができなくて腰を揺すってしまうと、腹の内からじゅわあっ、と愉悦が広がっていった。

「んんぁあっ、あぁぁあ……っ」

「もうこんなに感じているのか？　よしよし、褒美をやろう」

そう言うとカノアは小刻みに腰を使い始めた。快楽を覚えたばかりのイリヤの肉洞が引《ひ》き攣《つ》れるような刺激に蕩ける。

「んあぁっ、あっあっ！　……あああぁあっ」

中に、特に駄目になる場所がある。カノアのものが時折そこを掠《かす》めていくたびにイリヤは高い声を上げてしまうのだ。

「ここだろう？」

カノアの張り出した部分がそこを抉《えぐ》る。脳天まで強烈な快感が貫いていった。

「くあぁああっ」

「ここがお前の泣きどころだ。ゆっくり虐めてやろう」

カノアはずろろ、と腰を引き、またずぶずぶと沈めてくる。そのたびに弱い場所を擦ってくるので、イリヤはびくんびくんと身体を波打たせて喘いだ。

「あ、ひっ……ひ、ぃ、ああっ、んんんっ……、あぁぁうう…っ」

何も考えられない。この世にこんな快楽があっただなんて知らなかった。

そんなイリヤの乳首を舐めながら、カノアは次第に奥深くまで犯してくる。

「イリヤ。こういう時はなんと言うんだ。教えただろう？」

カノアの誘導に、イリヤは感じたままの言葉を口走った。

「あ、い…いっ、いいっ……！」

内壁を擦られ、捏ねられ、泣きどころを押し潰すように虐められて、イリヤは口の端から唾液を零《こぼ》して啼泣《ていきゅう》する。

「可愛いな」

「んんう……っ」

口を塞がれ、舌をしゃぶられる。興奮で身体が破裂しそうだった。絶頂を求めて全身がひくひくとわななく。

屈服する。快感に。屈服してしまう。

「い、あ、あっ！　んあぁぁぁあ――～～っ」

泣きどころをぐりっ、と抉られて、イリヤはたまらずに達してしまった。指の先まで広がる愉悦に思考が一瞬焼き切れる。

「……驚いたな。初めてなんだろう？　とんだ素質があるようだ」

素質？　なんの素質だろう。使い物にならない頭はカノアの言うことをよく理解できなかった。だが身体のほうは、彼の動きに敏感に反応する。達したばかりの肉洞の中でぐん、と突き上げられ、大きな快感に呑み込まれそうだった。

「んんあぁっ」

「すまないな。俺はまだなんだ。もう少しつき合ってもらうぞ」

「え、あっ！　や、あ…あっ、せめて、もう少し、待っ…！」

イったばかりの身体は快楽を過剰に受け止めてしまう。もう少し落ち着くまで待って欲しいのに。

「駄目だ。そら、もう少し奥まで行くぞ…っ」

「あぁぁあっ、んんあぁぁあっ」

許容量を越えた快楽を与えられ、泣き喚《わめ》くような声が反った喉から漏れる。ようやっとカノアが満足し、その内奥に白濁を叩《たた》きつけた時、イリヤは何度達したのかわからなくなっていた。


気怠《けだる》い感覚が四肢を支配している。イリヤが目を覚ました時、目の前にカノアの顔があってひどく驚いた。

「っ……!」

一瞬で眠気が覚め、昨夜の出来事を思い出した。

初めてだった身体を拓《ひら》かれ、快楽を教え込まれて、男の味を思い知らされた。そしてその時の自分の痴態が脳裏に甦《よみがえ》って、イリヤは今すぐここから逃げ出したい思いに駆られる。

目の前の男はイリヤを大事そうに抱いて眠っていた。お互い素肌のままだったので、触れ合っている肌の感触を嫌でも意識してしまう。

（終わったら出ていくものだと思っていたのに）

一緒に朝を迎えるなんて思ってもみなかった。帰るのが面倒だったせいかもしれないが、こんなふうに抱かれて眠ると誤解してしまう。

「う、ん…？」

イリヤの視線に気がついたのか、男らしい顔の眉が寄せられ、やがて青い瞳がゆっくりと開けられた。イリヤはといえば、いたたまれなくて思わず視線を逸らしてしまう。

「起きていたのか」

カノアはイリヤを離すと、思い切り伸びをした。

「身体は大丈夫か」

気遣うように声をかけられて、こくりと頷く。身体の節々は多少痛むが、どうということはない。イリヤも身体を起こそうとして動いたが、その時あることに気づいた。

「――――」

後ろからとぷりと何かが零れてきている。おそらく昨夜体内に出されたカノアの白濁だ。

「どうした？」

「……あ、いえ」

戻ってきた羞恥に身を固くしていると、カノアはその様子で察したらしい。部屋の外に向かって声をかけた。

「誰かいるか」

「――はい、控えましてございます」

カノアに呼ばれて出てきたのはリコだった。寝台の上にカノアとイリヤが裸でいてもいっこうに動じる様子もない。

「湯殿は使えるか」

「はい、もちろんでございます」

「そうか。では入ってくるとしよう」

「お召し物は用意しておきます」

カノアは頷くと、突然イリヤを抱き上げた。

「っ！　ちょっ……！」

リコの前だ。自分で歩けるので降ろして欲しかった。だがカノアは構わずに湯殿のほうへと歩いていってしまう。

「遠慮するな。初めてて俺を受け入れたのだ。多分腰にきていることだろう。慣れるまでは無理をするな」

「……」

そう言われて黙ってしまう。慣れるまでは、ということは、これから何度もあんなことをするということだ。当然のように告げられて思わず戸惑ってしまう。

「昨夜俺に誓ったろう？　覚えているか？」

「……覚えています」

「忘れた振りはしないな。いい心構えだ」

試されたような気がして、イリヤは軽く彼を睨《にら》みつけた。カノアはそんなことは気にも止めず、すこぶる機嫌がいいように見える。

岩を平らに切り出した風呂の中に降ろされ、その心地よさに思わず息をつく。

「温泉が湧いていて、ここから源泉が常に流れている。温度もこのくらいがちょうどいい」

少しぬるめの温度は、この国の気候に合っている。これ以上熱かったら暑くてのぼせてしまうかもしれない。

「だからセックスの後はこの風呂で身体を洗うといい。まあ、場所がこの部屋だとは限らんかもしれんがな」

「え？」

今何か不穏なことを聞いたような気がして、イリヤは思わず聞き返した。だがカノアは悠々と湯に浸かり、教えてはくれない。そのかわり、彼はイリヤに向かって腕を伸ばした。

「おいで、イリヤ」

彼は立ち上がると、岩風呂の縁に腰かける。

「俺のが流れてくるんだろう。かき出してやる」

その言葉の意味するところがわかって、イリヤはカアッと顔を赤くした。

「自分でできます」

「まだ無理だろう。俺がやってやる。来い」

最後は命令のように告げられて、イリヤは仕方なく彼の手を取った。向かい合わせに膝の上に乗ると、まるで性交しているような体勢になる。こんな明るい、素面《しらふ》に戻った今は恥ずかしくて仕方がなかった。

「恥ずかしいのか？」

「あ、当たり前です」

両手で双丘を摑まれて息を呑む。

「そうか。それは困ったな――」

耳元でカノアがくすりと笑った。そして後孔の肉環をこじ開けるようにして彼の指が這入ってくる。

「う、アっ」

「力は抜いておけ。昨夜はたっぷり出した自覚はあるからな。――もう一本入れるぞ」

「んん、あ……っ」

彼の長い指が二本、イリヤの肉洞に挿入された。昨日の今日でまだ身体が感覚を覚えている。ここでさんざん感じさせられ、イかされたことを。カノアの指で中を広げられると、彼が放ったものがとろとろと流れ出していく。

「も、もう、いい……です」

「いや、まだ残ってるな」

彼は内壁を擦るようにして指を動かした。その途端にイリヤの身体がびくんと跳ねる。

「ん、はあ、んんっ……」

カノアの肩口に顔を押しつけ、どうにか声を出さないようにと努める。けれどもう快楽を知ってしまった肉洞はその刺激に反応した。下腹の奥がまた痺れてくる。

「……っんあ、あ…っ」

「どうした。腰が動いているぞ。それに指を締めつけられるとかき出せないんだが」

カノアの声に笑いが含まれていた。それを聞いたイリヤは身体が燃え上がりそうになる。

彼はわざとやっているのだ。

「も…う、抜、い」

「駄目だ」

カノアの指がイリヤの弱い場所を転がす。その途端にびくん、と全身が跳ね、目の前の男の逞《たくま》しい肉体にしがみついた。

「んっ、ああっ！」

「昨夜はここをさんざん可愛がったからな。ここに思い切りぶち撒《ま》けた記憶がある」

「んっ、だからって、あ、ア、ああ…っ」

男の指でそこを捏ねられるとおかしくなりそうになる。カノアの指はもうあからさまに愛撫の動きになっていて、精をかき出すなどという体裁ではなくなっていた。

「こっちが苦しそうだな」

「ふあ、んあぁあう」

カノアのもう片方の手がイリヤの前に回り、股間で屹立しているものをやんわりと握られる。巧みな指で上下に扱《しご》かれると身体が浮き上がりそうになった。

「ああっ、ああっ、そん、な、まえと、うしろ、いっしょ、なんて……っ」

前後を同時に責められるとわけがわからなくなってしまう。イリヤの下肢からはくちゅくちゅという卑猥な音が響いていた。

「い、ああ…っ、あっ、もう、もう、イく…うう」

「俺の言いつけをちゃんと覚えていたな。いい子だ」

なるべくいやらしい言葉を口にすることを彼は好んだ。せっかく素面に戻ったはずのイリヤの思考はまた沸騰し、身体中で興奮を訴えている。

湯殿は半露天で、覆いから陽差しが差し込んでいた。こんな陽の中で愛撫されて喘いでいるという状況に頭が惑乱する。

けれどイリヤはその快楽と興奮に勝てるはずがなかった。

「あっあっ、あうんんんっ……！」

イリヤの肢体はカノアの膝の上でがくがくと揺れ、彼の掌の中で白蜜を噴き上げる。悶《もだ》えるイリヤを、カノアの瞳が愛《いと》おしげに見つめていた。

「可愛くてたまらないな」

「ふ、うんんっ、んん……っ」

達したばかりで震えるイリヤに、カノアは優しく口づけてくる。それに夢中で応えながら、イリヤは悦《よろこ》びとも、困惑ともつかない感情に震えるのだった。


イリヤをベッドに戻した後、カノアは公務があると言って出ていった。その時に「また来る」とイリヤの耳に口づけを残したので、思わず赤くなる。

「薬膏《やくこう》を塗っておいてくれ」

「かしこまりました」

カノアが退出すると、ラキは小瓶を持ってこちらにやってきた。くったりと横たわったままのイリヤはかけられた寝衣の裾を突然捲《めく》られる。

「失礼いたします」

「な、なんだ」

「お尻にこちらの薬膏を塗ります」

蓋を開けた瓶の中には白いクリーム状の薬があり、ラキはそれを指ですくった。

「待ってくれ。自分でやるから」

「そういうわけにはいきません。これは私の仕事ですから」

ラキはイリヤの双丘を開くと、その窄まりを検分するように見た。

「切れてはいないようですね……。多少腫《は》れてはいますが、出血もない」

「それなら、塗らなくともいいだろう」

「いいえ、念のために。それにこれは違う効き目もあるので」

「んんっ」

後ろにぬるり、と薬膏が塗られ、イリヤは思わず呻《うめ》いてしまった。

「力を抜いていてください」

「え、あっ、やめっ、中まで…は…っ！」

ラキの指は肉環を押し広げ、その内壁にまで薬膏を塗り込めてくる。その指で肉洞を撫でられるごとに声を上げてしまいそうで、イリヤは手で口を押さえた。

（だ、駄目…だ、こんなっ……！）

感じてはいけない。彼は薬を塗っているだけなのだ。けれど昨夜からさんざん感じさせられたイリヤの肉体はもうほんの少しの性的な刺激にも耐えられはいなかった。

「まだ中が熱いですね、イリヤ様」

「……ぁっ…」

ラキは何度も瓶から薬膏をすくって丁寧にイリヤの中に塗りつけていく。少しでも油断すると腰を揺らしてしまいそうだった。

「ま、まだ、かっ……」

「もう少しです。なるべく奥まで塗って差し上げなくては」

ぬちゃり。くちゃり。ラキが薬膏を塗り込めるたびに、そんな卑猥な音が聞こえてくる。イリヤは羞恥のあまりどうにかなってしまいそうだった。ラキがようやっとイリヤの中から指を引き抜いた時、肉洞が無意識に収縮する。

終わった。

イリヤが安堵《あんど》のため息をついた時だった。内奥がひくり、と蠢き、そこからじわりと熱が生まれてくるような気がする。

「これ、は……っ？」

「ちなみにこの薬膏には媚薬《びやく》の成分も含まれております。効き目の弱いものですから心配はないですよ」

「な、にっ……？」

イリヤは羞恥を忘れて起き上がり、振り返ってラキを見る。彼は水盤で手を洗っているところだった。

「交合の感覚を忘れないためです。そしてこの王宮で過ごすために、イリヤ様に必要なものです」

「どういう意味だ」

「すぐにおわかりになります」

ラキはにこりと笑うと、道具を片づけて、では、と立ち去ってしまった。

「――――」

イリヤは今度こそベッドの上に一人取り残される。念入りに内奥に塗り込められた薬膏は、イリヤの肉洞をじくじくと疼かせていた。耐えられないほどではないが、意識がついそちらのほうへと向いてしまう。

(この状態のままで一日を過ごさねばならないのか)

イリヤがほうっ、と息を吐き出すとそれは熱を孕《はら》んでいた。このままじっとしていたらそのことばかり考えてしまいそうで、イリヤはベッドから降り、身支度を調えると部屋から出た。

フェリクスから持参した衣服はこの国ではいささか暑い。イリヤはカノアからランティアで身につける衣服をもらっていた。前開きのゆったりしたチュニックと通気性のよい布を巻きつけるような衣装は着心地がよい。美しい刺繍《ししゅう》が施された布も気に入っていた。

この国はいつも空が青い。どんよりとした雪空ばかりの祖国とは大違いだった。だから皆、開放的になるのだろうか。

「……ふう」

額に薄く浮かんだ汗を手の甲で押さえる。蒸すわけではないが、やはり陽が当たっている場所を歩くと少し暑い。水場が欲しいと思った。

そういえば、最初にカノアと出会ったあの場所は、水浴びに使用するところではないだろうか。行ってみようと思い、イリヤはその場所に足を向ける。記憶を頼りに歩いていくと、見覚えのある場所に出た。だがその時、イリヤの足が止まってしまう。

水場の周りに数人の男たちがいた。先客だろうか。彼らは半裸、あるいは全裸になってそこで寛いでいた。ここにいるということはカノアの家臣か王宮関係者なのだろう。皆陽に焼けてよく鍛えられた肉体をしていた。

だがその中に一人、毛色の変わった者がいた。一目で外国人だとわかる白い肌の色に、緩く波打った蜂蜜色の髪の青年。彼はそこにいた男たちに前後から挟まれ、後ろから犯されていた。同時に前にいる男の手で肉茎を扱かれてあられもない声を上げている。

「あ、あっ、あああっ…！　いい、気持ちいい……っ！」

「よしよし。すっかりよさを覚えたな」

青年は端整な顔を喜悦に歪め、自らも腰を揺らすようにして悶えていた。イリヤは目の前の光景から目を離すことができず、その場から立ち去ることができない。

「今日は一番奥まで挿れてやるぞ」

「あっ、んんんっ！　あ、すご…い、深いっ、そ、んなところまでっ……、あっ、あああぁあ——っ！」

背後の男に最奥まで貫かれて仰《の》け反《ぞ》る青年がとてつもない快楽に襲われているのがわかった。彼は達し、握られている肉茎の先端から白蜜をぴゅくぴゅくと噴き上げる。それをさらに愛撫され、乳首まで舐められて全身を痙攣させていた。

「……っ」

イリヤの口から思わず熱い息が漏れる。目の前の光景は視覚的な刺激となり、イリヤの肉体の芯を昂《たか》ぶらせていた。昨夜カノアに教えられた快感が甦ってくるようだった。

(ああ……あんなに一度に感じるところを)

顔が熱い。両の膝頭が細かく震える。だがそんなイリヤの存在に気づいた者がいた。

「うん？　イリヤ殿ではないですか」

そんなふうに呼ばれてイリヤははっと我に返る。気がつくと、その場にいた男たちの大部分がこちらを見ていた。快楽に翻弄されていたあの青年さえも、ぼんやりとした瞳でイ

た男だ。

「水浴びにでも来ましたか？　遠慮なさることはない。少々混み合ってはおりますが」

そう話しかけてきた男に見覚えがあった。イリヤがこの国に着いた時に出迎えに来ていた男だ。

「……アラク殿」

「おお、覚えていてくださったとは恐悦至極」

「アラク、その方がカノア様の？」

「そうだ、客人だ。失礼のないように振る舞えよ」

アラクが意味深に男たちに振り返る。

「もちろんですよアラク様。何しろ特別扱いせよと陛下からのお達しだ」

何人かの男たちがこちらに近づいてきた。イリヤは反射的に逃げようとしたが、アラクに腕を摑まれる。

「離してください」

「カノア様にはもう抱かれたのでしょう？　そんな顔をしている」

「！」

イリヤは身体をびくりと強張《こわば》らせた。

「あそこにいるのは、カデナル皇国の第三皇子、アーリン殿です。あなたと似たような理由でここにやってきました。あなたより七日ほど前に」

カデナル皇国は大陸の西に位置する小国だ。芸術が盛んな国と聞いているが、後ろ盾を持たない。

イリヤがアーリンに視線を向けると、彼はまた別の男に口を吸われていた。鼻にかかったような甘い呻きを漏らしている。

「どうして、こんなことを……」

「ここに来た皇子、あるいは姫は、皆こうして我々と愉しむのですよ。彼らは自分の国を背負ってランティアに助力を請いに来ている。そうであればすべて曝《さら》け出してもらわねば」

イリヤは衝撃を受けた。そのつもりで来たのは事実だが、他の国の王族もこうして身体を開いていたなんて知らなかったのだ。そしてその場面を目の当たりにして、冷静さを欠いている。

(あの人は、彼のことも抱いたのだろうか。昨夜私にしたみたいに)

そんなことを思うと、ちくりと胸の奥がヒリついた。

「我々にもあなたの肌を味見させてください」

アラクが耳元で囁く。背筋にぞくりと官能の波が走った。これはきっと先ほど塗られた薬膏のせいだ。そうに違いない。強く抵抗できないのもそのせいなのだ。

アラクに腕を引かれ、イリヤは男たちが待つ水場へと引き入れられていった。

水場の周りには休憩できるような長椅子がいくつも置いてある。イリヤはその中のひとつに座らされ、服を剝《む》かれて肌を晒された。こんな明るい陽の中で裸にされ、恥ずかしさに目を開けていられない。

「さすがは雪と氷の国の王子様だ。アーリン殿も白いが、イリヤ殿は抜けるように白い」

男たちの手が身体中を這う。乳首を摘まれ、転がされると痺れるような快感が走り、思わず背を反らした。その露《あら》わになった喉にもくすぐるように指を這わされて、イリヤは声を漏らす。

「んあ、はっ……」

「感度がいいですね」

すぐに刺激に尖ってしまう乳首をぴんぴんと弾かれ、あるいは捏ねられて、腰の奥にじんじんと快感が伝わった。男たちは手慣れていて、イリヤが反応を示した場所を的確に見つけては刺激してくる。脇腹や背中、腋下《わきした》にまで指が伸びて撫で回されてくすぐったさに身を捩ると、腕を摑まれてさらに虐められた。

「んぁああっ、あ、はっ、ああっ」

薬膏のせいか、ほんのささいな快感も我慢できない。だがイリヤが上半身の快感に気を取られていると、脚の間に跪《ひざまず》いた男に両脚を開かされる。

「あっ」

そう思った時にはもう遅く、イリヤは恥ずかしい部分を陽の下に曝け出してしまっていた。

「たっぷりと舐めてあげますよ」

男の頭が股間に沈む。次の瞬間、腰骨が熔けそうな快感が込み上げてきた。イリヤのものが男の口に含まれ、ぬるりと舌を絡められたのだ。

「あ、あ——…っ、はっ」

そこを吸われると身体の芯が引き抜かれそうな感覚が襲ってくる。イリヤの足の爪先が快感のあまりぎゅうっ、と丸まった。

「んぁあ…っ、あっ、ふぁぁあ……っ」

「腰を揺すってるじゃないか。ふふ、イリヤ様もそこをしゃぶられるのが大好きなようですね」

「ち、ちがっ…、あっ」

「強がっても構いませんが、ここではなんの役にも立ちませんよ。ほら、アーリン殿をご覧なさい」

その言葉にふと目を開けると、すぐ側でカデナル皇国の皇子が大きく両脚を開いて口淫されていた。恍惚の表情を浮かべ、男に肉茎を吸われるごとに腰を浮き上がらせている。

「ああ…っ、そ、れ、いいぃ……っ」

「おしゃぶりされるのが好きですかな、アーリン殿」

「す、好き、すきぃ……っ」

「素直で大変よろしい。ではご褒美を差し上げましょう」

男はアーリンの裏筋を指でくすぐりながら先端をじゅるじゅると音を立てて吸い上げた。

「んぁあっ、あ——っ！　気持ちいい…っ！」

アーリンは喜悦の笑みすら浮かべて腰を振り立てている。

(あんなに淫らに振る舞って——)

イリヤは自分の頬が火照っているのを感じた。頭が爆発しそうだった。アーリンがされていることが、まるで自分がされていることのように感じる。

「んく、ああっ」

ふいに根元から舌先で舐め上げられ、その快感にイリヤは声を上げた。はしたなくぴちゃぴちゃと音を立てられながら舌を這わせられると、肉体の芯が煮える。

「このあたりが好きでしょう」

「んんあぁっ」

裏筋からくびれのあたりをしつこく舐められて腰が砕けそうだった。頼りなく宙に投げ出された足の指の間にも誰かの指が這わせられ、指の股をいやらしく撫で回される。

「あ…っ、あ…っ、ううぅ…っ、ん、は、んんぁぁっ」

両の乳首もくりくりと弄り回されていた。イリヤの肢体がびくっ、びくっ、と不規則に跳ねる。

「こ、こんなことっ……、されたら…っ」

正気ではいられない。イリヤがここに来る前に持っていた慎《つつし》みや倫理観などというものが、砕けてどこかへ散り散りになってしまう。この快楽に身を委ねたいという誘惑に負けそうになる。

「我慢しても意味はないですよ。愉しんで素直になったほうがイリヤ殿のためだ」

「カノア様にもそう言われませんでしたか?」

イリヤの脳裏にカノアとの行為が呼び起こされる。彼は嫌なことはしなかった。ただイリヤが初めてだったから、あまりに衝撃的な感覚だっただけで。

「んあ、ア……あ、ああ…っ」

断続的に身体を這い回る快楽に、「これは異常なことだ」という意識が次第に薄くなっていく。こんなことは祖国では不道徳なことだった。けれどこの国ではそれほどおかしいことではないのかもしれない。書庫で読んだあの艶めいた神話のように。

「あ、は、い……いぃ、いい……っ」

敏感な場所を弄られ、舐められしゃぶられる刺激にイリヤは陶然として喘ぐ。

「どうです？　これが好きでしょう」

「あっ、う、う…んんっ、すき、好き…あっ！」

「素直ないい子ですな」

「イリヤ殿にもご褒美をあげましょう」

じゅるっ、と音がして肉茎を強く吸われた。その瞬間に頭の中が真っ白になり、強烈な絶頂に全身を支配される。

「あっあっあああぁああ……っ」

イリヤの背が大きく仰け反り、男の口の中に白蜜を噴き上げる。精路の中に残るそれを啜《すす》られるごとに跳ね上がる腰を、男たちが嬉しそうに見下ろす。

「そうそう、イリヤ殿には口吸いと挿入が禁じられているのだった。カノア様からのお達しだ」

「そうなのか？　もう少し早く言えよ。挿れるところだった」

「すまんすまん。何せ初めてのことだったんでな」

「確かに。カノア様はよほど気に入られたと見える」

ぼうっとした頭の中に男たちの話し声が聞こえる。カノアが何をどうしたというのだろう。

「だが、道具ならいいのだろう?」

男の一人が何かを取り出す気配がした。奇妙な形をしている。緩く半円のような弧を描き、その両端は男根の先端に酷似していた。

男はその道具の先端に香油を垂らし、アーリンを犯している男に声をかける。男はちょうど達したところだった。アーリンもまた絶頂の声を上げた。

「終わったか?　こいつで繋《つな》がらせてやろう」

「ああ、わかった。……そら、抜きますよ」

「う……うっ」

男のものがずるりとアーリンの中から抜かれる。彼の秘所から、たっぷりと注がれた白濁が零れ落ちた。

「さあ、アーリン殿、こいつでイリヤ殿と繋がってください。先輩として見本を見せて差し上げましょう」

「あ、ん…ん、ああっ……」

たった今まで犯されていた秘部に、道具——淫らなものだろう——の先端が挿入された。

「ああっ…!」

アーリンは気持ちよさそうに声を上げながらそれを呑み込んでいく。淫具の半分近くまで入ったところで、イリヤが抱き上げられ、アーリンの近くまで運ばれた。そして両脚を開かされた時、何をされるのか察してしまう。まさか、そんな。

「あっ、な、何をっ……」

「同じ皇子同士もっと仲良くなれるように、ですよ」

アーリンの後孔から聳《そび》えている淫具の先端の上に降ろされる。アーリンは濡れた恍惚とした瞳でイリヤを見つめていた。やがて淫具の先端がイリヤの後孔をこじ開け、潜り込んでいく。

「んううっ…、ああー…っ」

「あ、あ…んんっ」

イリヤとアーリンが同時に声を上げた。淫具の両端をそれぞれの秘所で咥え込むことで互いに繋がる形となる。

「こ、こんな…っ、深く…っ」

「う、ぅあっ、あ、当たる…うっ」

太い淫具がぐっぷりと挿入され、淫具の凹凸が内壁の至るところを刺激する。相手が少し身じろぎをしただけでもそれが自分にも伝わってきた。けれどそれはアーリンとて同じなのだ。

「二人とも、上手に呑み込めましたね」

「イリヤ殿は初めてだから、こちらが動かしてあげましょう」

イリヤの両膝を持ち上げて抱きかかえている男が揺らしてくる。すると中の淫具がずずっ、と内壁と擦れて耐えがたい快感をもたらした。

「っ、あっ！　ああ…っ」

異様な状況に昂ぶったイリヤの肉体は身体を貫く愉悦に敏感に反応する。思わず背中を反らし、背後から抱く男の肩口に頭を押しつけた。男根とは違う、淫具の感触。それはイリヤの内部を容赦なく擦り狂わせていった。

「あうう…っ、うあ、あ、あ…っ」

よがり泣いているのはイリヤだけではない。同じ淫具で犯されているアーリンもまた身を捩り、容赦のない抽送に声を上げていた。

「ん、んんあっ、い…く、イくうぅ…っ！」

イリヤより何度も犯されている彼は、より快楽も深いのだろう。喜悦に顔を歪め、後ろから抱いている男の首に手を回して喘いでいた。彼がひっきりなしに腰を振り立てるので、イリヤのほうにも奥まで淫具が当たる。

「んんああっ！　わ、私、も、イく…うっ、――っ！」

「ふあぁあ――～～っ！」

腹の奥からもの凄い快感が押し寄せてイリヤの全身を包み込む。その瞬間はイリヤもたまらず、身体の望むままに尻を突き上げた。アーリンが悲鳴を上げる。

「あんん、あぁ――……っ！」

二人の股間のものから白蜜が噴き上がり、互いの下腹を濡らし合った。

「仲良く二人同時にイったか」

「よし、さあもう一度です。今度は自分たちだけで動いてみなさい」

できない、と思ったが、イリヤは無意識に腰を振っていた。アーリンの嬌声《きょうせい》が上がる。彼からもイリヤを追いつめる動きが返ってきた。

「んんあぁっ、あっ、や、ううんっ…んっ」

明るい水場に王子たちの艶めいた声が響く。終わりのない快楽に、イリヤはいつしか恍惚の沼の中に溺れていった。


額にひんやりとした感触が落ちる。イリヤは目を開けようとして、まぶしさに眉を寄せた。

「大丈夫？」

イリヤはその声にハッとする。視界が戻ってくると、そこにアーリンの姿を認めた。男たちの姿はない。

「みんなもう行ってしまったよ」

イリヤは彼の手を借りて起き上がった。非常に気まずく、顔をまともに見られない。だが彼はもう何も思っていないかのように平然としていた。欲情に浮かされた先ほどとは違い、理知的で穏やかな顔をしている。

「すまない、その…なんと言ったらいいか……」

「気にしなくていいよ」

アーリンは長椅子の背にかかっているイリヤの衣服を取って手渡した。

「ここでは普通のことだから」

「君もわかっていてここに……？」

「まあね」

アーリンは空を見上げながら話し出した。

「俺はアラク様の預かりなんだ。その……初めての相手も彼だった」

ここに享楽の対象として来る者にはそれぞれ中心となって相手をする王族や家臣がいるらしい。自分も含めて彼ら彼女らは、その者に性の手ほどきを受ける。

「俺の国はなんの後ろ盾もない小国だ。生き残るためにはランティアのような強い国の助けが必要だ」

「思うところはなかったのか？」

「そりゃあ最初は嫌だったよ」

アーリンは小さく笑った。

「王宮関係者とはいえ、男の慰み者になるなんて冗談じゃない……。でも祖国のためには仕方がない。そういうつもりでここに来た」

彼はイリヤと同じ境遇だった。ここに送られる王族の皇子や姫は皆似たような者だという。

「けれど、予想していたのと全然違った……。ここでは素の自分を出すことができる。皇子の仮面を脱ぎ捨てて欲を剝き出しにしてもいいんだ」

「――――」

イリヤはアーリンを見た。彼はその口元にどこか淫靡《いんび》な笑みを浮かべている。

「祖国では許されない行為もこの王宮ではよしとされる。君もどうせなら愉しんだほうがいいよ」

「……」

イリヤは困惑して、一度視線を合わせた彼から目を逸らした。アーリンはくすりと笑って立ち上がる。

「そうそう。君はカノア陛下の預かりなんだって？」

「そうなのか？」

「最初の相手が陛下だというのならそうだよ」

ではそういうことになるのだろうか。イリヤが「おそらく」と答えると、アーリンはへえ、とわずかに瞠目《どうもく》した。

「あの方はこういう場所にいらっしゃらない。てっきり陛下自身はそういうことには加わらないのだと思っていたけどな。他の方には口吸いと挿入を許さないだなんて、よほど執心されていると見える」

アーリンの言葉はイリヤにとって思いも寄らないものだった。執心？　彼が私に？

「俺がこの国に来て、何人の男に挿れられたと思う？」

首を傾げながら言うアーリンには、特段憤りも後悔の色も見られなかった。本当に『そういうもの』だとでも思っているかのようだった。

「君は陛下にとって特別なのかもしれないな。うらやましいことだよ。フェリクスは安泰だ。うまくやるんだよ」

「うまくやるとは、どういう……？」

「素直になるんだよ」

アーリンに顔を近づけられ、イリヤは言葉を呑んだ。

「自分の内なる欲求に向き合うんだ。俺たち王族は少なからず普段から抑圧されている。それをここでは解放していいんだ。その姿を見せれば、きっと陛下もお喜びになるだろう」

「……」

「じゃあな。またすぐ会うだろうけど」

アーリンはそれだけを言い残して去っていった。イリヤは今度は本当に水場で身体を洗った後、身なりを整えて部屋へと戻る。

「おかえりなさいませ」

出迎えてくれたのはラキだった。彼はイリヤの様子を見て何かを察したのか、甘い果汁入りの飲み物と菓子を出してくれた。

「皆様優しくしてくださいましたでしょう？」

「っ……、どういう意味だ？」

「イリヤ様のお世話をする私とリコのもとには、すべて報告が上がってきます」

それでは、先ほどの水場での出来事も知られてしまっているのだ。今更ながらに羞恥が甦り、カアッと顔が熱くなる。

「アーリン皇子とも仲良くなられたようで、ようございました」

「か……からかうな」

「とんでもない。よいことだと申し上げているのです」

ラキは真面目《まじめ》な顔でそう言った。

「中にはこの国に馴染めない方もいらっしゃいます。そういう方にとってはここでの生活はつらいものですから」

「私が馴染めていると？」

「違いましたか？」

違う、と言いかけてイリヤは黙った。あの興奮。熱。高まり。そして何よりあの快楽。それらを受け入れていないとはもうイリヤには言えなかった。

「とはいえイリヤ様は特別なお客様——。カノア様が扱いを決めるでしょう」

「どうして私が特別なのだ」

水場で男たちが言っていた。アーリンと違って、イリヤの口を吸うことと、男性器の挿入は許されていないと。

ラキはちらりと上目でイリヤを見た。まるでイリヤの感情の動きを盗み見ているような目だった。

「気になりますか？」

「それはそうだろう」

なぜ自分が特別なのか。それはそうするべき理由があるということだ。万が一、それで祖国への対応を変えられたら困る。

「それはカノア様に直接お尋ねになってはいかがでしょうか」

なんとなくそう言われるのではないかと思っていた。だが自分が聞いたとしたら彼は答えてくれるだろうか、と問うと。

「さあ、それは私にはわかりかねますが」

ラキにのらりくらりと躱《かわ》されて、イリヤはため息をつくのだった。

小さく丸い実が茎から取られ、イリヤの口元に運ばれる。それを皮ごと口に含むと、甘酸っぱい果汁が口の中に広がった。果肉も冷えていて美味だ。

「どうだ?」

「おいしいです」

カノアの私室に呼ばれたイリヤは、そこで彼に果物を食べさせられていた。ひとつの房にいくつもの丸い実がなっているそれが皿に盛られているだけで甘い香りを放っている。

ランティアは南国であり、果実も豊富に採れる。

「けれど、少しはしたなくはありませんか?」

ベッドの上に座り、手づかみで果実を食べるなど祖国にいた頃にはしたことがなかった。

イリヤがそう言うと、カノアはおかしそうに口の端を上げる。

「公式の会食でもあるまいし、俺はそういう堅苦しい作法は好きではない」

彼は丸い実を口に咥えると、それをイリヤに口移しで分け与えてきた。イリヤはためらいがちに口を開きそれを受け取る。実を噛み潰すと一番甘いように感じたのは気のせいだろうか。

「んんっ……」

そのまま口づけてくるカノアに従順に舌を差し出す。絡められ、吸われて、頭の芯がじん、と痺れてきた。イリヤは口の中がこんなに敏感なのだということを初めて知った。

「……は」

唾液の糸を引きながら舌が離れる。イリヤは先日のことを思い出していた。だが、自分から言い出すことができない。

「そういえば、さっそく可愛がられたらしいな」

「！」

そんなイリヤの心を読んだようにカノアが言った。

「アーリン皇子とも仲良くなったとか」

「……あれはどういうことなのです」

軽く睨むようにイリヤが見つめると、カノアはうん？　と首を傾げる。

「あんな、誰彼構わず……なんて……」

「彼らはお前を貶《おとし》めたわけではない。むしろその逆だ」

「けれど、あんなこと…っ」

「皆俺の大事な部下たちだ。彼らに曝け出せば、お前の国も護《まも》ってもらえるだろう」

「……っ」

イリヤはぐっと言葉に詰まる。

「……でも、それならなぜ、私に制限をつけるのです。アーリン皇子にはすべて許させるのに」

口づけと挿入は許さない。それはカノアが出した命令だった。だからあの場にいた男たちはイリヤの肉体を愛撫し、淫具は使えども自らの男根を挿入したりはしなかった。

「なぜだろうな」

自分のことなのに、カノアはそんなふうに言う。

「お前が来て、いつものように、他の王族たちと同じように俺の部下たちに抱かれるのだと思ったら、急に身体の奥が焦げつくような感じがした」

「――――」

思いもかけないことを言われて、イリヤは息を呑んだ。

「どう思う。これはお前への独占欲か？」

「……そんなことを私に聞かれてもわかりません」

彼と目を合わせていられず、イリヤは視線を逸らす。顔が熱い。心臓がどきどきと高鳴る。それでは、まるで彼がイリヤのことを――――だと言っているようなものではないか。

いや、違うのか？　よくわからない。

「お前が初めて俺の視界に飛び込んできた時、月のかけらが集まって人の形をとっているのかと思った」

カノアの指がイリヤの銀色の髪に触れる。

「それも冷たい冷たい――北の国の月だ。ここにはない」

「あ……」

唇が重なってきた。熱く弾力のあるそれがイリヤのそれを吸い、舌が差し込まれる。それはどこか執拗《しつよう》にイリヤの口の中をまさぐってきた。上顎の裏を舐め上げられてぞくりと背中が震える。

「ぁ……う」

舌が絡まり合ってぴちゃぴちゃと卑猥な音がした。身体の奥で熱が凝《こご》る。こうやって互いの唾液を交換するのも、彼とだけだというのか。

カノアの手が衣服をはだけ、いつしかイリヤは彼の前に肌を晒していた。

「今日もお前に愉しいことを教えよう」

カノアがイリヤの腕を取った。頭がぼうっとしたままそれを見ていると、両腕を寝台の端にそれぞれ括《くく》りつけられてぎょっとする。

「な、何を……！」

柔らかい布で縛られているため痛くはないが、動きを封じられるというのは怖かった。そして両の足首も同じようにして固定されてしまい。イリヤは寝台の上に張りつけられた

POSTCARD

STAMP HERE

1 0 1-8 4 0 5

東京都千代田区
神田三崎町2-18-11

二見書房
シャレード文庫愛読者 係

通販ご希望の方は、書籍リストをお送りしますのでお手数をおかけしてしまい恐縮ではございますが、**03-3515-2311までお電話くださいませ。**

<ご住所> □□□-□□□□	
<お名前>	様
<メールアドレス>	

＊誤送を防止するためアパート・マンション名は詳しくご記入ください。
＊これより下は発送の際には使用しません。

TEL	職業／学年
年齢　　　代	お買い上げ書店

Charade 愛読者アンケート

この本を何でお知りになりましたか？
1. 店頭　2. WEB（　　　　　）　3. その他（　　　　　　　　　）

この本をお買い上げになった理由を教えてください（複数回答可）。
1. 作家が好きだから（小説家・イラストレーター・漫画家）
2. カバーが気に入ったから　3. 内容紹介を見て
4. その他（　　　　　　　　　　　　　　）

読みたいジャンルやカップリングはありますか？

最近読んで面白かったBL作品と作家名、その理由を教えてください（他社作品可）。

お読みいただいたご感想、またはご意見、ご要望をお聞かせください。
作品タイトル：

ご協力ありがとうございました。
お送りいただいたご感想がメルマガに掲載となった場合、オリジナルグッズをプレゼントいたします。
HPのご意見・ご感想フォームからもアンケートをご記入いただけます ➔

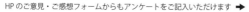

ような形となる。

「これで、俺が何をしても抗《あらが》えない」

「ほ、解《ほど》いてください」

「駄目だ」

彼は卓の上の瓶を手に取ると、それをイリヤの身体の上に直接傾ける。とろとろとした感触が肌の上に落ちて広がり、甘く官能的な香りがあたりに漂う。ここに来てからよく使われる香油だ。

「ん、んう…っ」

「泣くほど可愛がってやる」

「あ、あっ」

カノアの両手がイリヤの肌の上を滑り、香油を広げていく。ぬるぬるとした感触が素肌を支配し、思わず身体を震わせた。熱いカノアの掌で全身の至るところを撫でられていく。それが感じるところを掠めるたびに背中を浮かせた。

「ん、んあっ、あっあっ！」

脇腹から腋下にかけてを撫で上げられ、びくん、と身体が跳ねる。指先が意地悪くそこを這い回り、くすぐったさに声が出た。

「ああっそこやめっ…、あ、はっ、んぁあっ！」

腋下のくぼみをゆっくりとかき回すように嬲られ、ぞくぞくと快感の波が込み上げる。くすぐったいはずなのにそれだけではなかった。

「気持ちいいのか？」

「や、それっ…、あっ、あっ」

「乳首は勃っているがな」

ふいに両の乳首を指先で弾かれて、痺れるような刺激が身体を貫いた。

「んぁ、んああっ」

鼻にかかったような声を上げてしまって恥ずかしい。けれどそんな声を上げてしまうくらいの甘美な快感だった。

イリヤの胸の突起ははしたなく固く尖ってカノアの指を楽しませている。ぴんぴんと指先で嬲られ、虐められて、それはどんどん膨らんでいった。

「あっ、はっ、ああっ、んぁあっ…あっくぅっ」

胸の先からじゅわじゅわと身体中に快感が広がっていく。刺激されているのは胸なのに、脚の間の肉茎にはっきりとした刺激が伝わっていった。

「あっ、そこ、そんなっ……にっ」

「感じやすいお前なら、すぐにここだけでイけそうだ」

「あっ、んんんっ！」

乳首を摘まれてくりくりと弄ばれて、イリヤの背中が仰け反る。胸の突起を巧みに責められ下腹の奥がきゅうきゅうと疼いた。脚の間のものはすでにそそり立ち、先端から愛液を溢れさせている。

「あう、う、へ、へ…んっ、そこ、おかしくっ……」

乳首がじんじんと脈打つ。それは腰の奥へと繋がって、身体の中で快感がうねりだした。

「どんな感じだ」

「あ、あ、あ…っ」

カノアの指先が乳暈《にゅううん》の部分をくすぐっている。イリヤが正直に言わなければ、さっとこのまま焦《じ》らされるのだろう。一度与えられてしまった快感を我慢するのはひどく難しい。

「き、気持ちい…い…っ、乳首、が……っ」

「お前は本当に覚えがいい。その気持ちいい乳首でイってみせろ」

カノアの指先で胸の突起を強く摘まれる。その瞬間に体内がまるで雷のような快感に貫かれた。

「────あ！」

びくんっ！　と身体が跳ねる。乳首から全身へと広がる悦楽。

「あ、あっ、あっ！　……ふぁあうっ、～～っ！」

一呼吸遅れて下半身にも愉悦が走り、腰ががくがくとわなないた。そそり立つ肉茎の先端から白蜜がとろとろと溢れる。

「んう――……っ」

身体の芯がものすごく切なくなった。確かに達しているのに、下腹の奥がひくひくと収縮するのが止まらない。

「ああっ！　乳首…が、い、イくっ…、いっ、たから、もうっ……」

仰け反ったイリヤの肢体がびくびくと震える。カノアはそんなイリヤを満足げに見つめ、イったばかりの乳首を優しく撫で回していた。

「は…っ、は、ああ、あ……っ」

ほんの少し触れられるだけでも声が出てしまう。イリヤの乳首は、もう快感を得るための突起となってしまった。以前は意識すらしていない場所だったのに。

「よくできたな。……どんどんいやらしくなる。俺の手で」

はあはあと息を乱すイリヤの頬を撫で、軽く口づける。褒められたのだと思うと嬉しいという気持ちが胸の中に生まれた。

「触っていないのに、ここはびしょ濡れだな」

「あ……っ」

足首を縛られて開脚させられている内股を大きな手が撫でていった。その中心にある肉茎はしとどに濡れてそそり立っている。

「乳首を責められてここも感じてしまったのか？」

「んあっんっ、……んんう～～っ」

根元から優しく扱かれてしまうと、腰の奥から快感が込み上げた。手淫されながら口を吸われて、甘い呻きも呑み込まれる。搦《から》め捕《と》られたイリヤの舌は快楽に震えた。カノアの手に包まれて擦られるたびにくちゅくちゅという音が響く。

「あっ、あっ、い、いいっ……」

「気持ちがいいか……。これはどうだ」

カノアは指の腹で丸みを帯びた先端をくりくりと撫で回した。鋭敏な場所を刺激され、イリヤの下肢がびくん、とわななく。

「あっ、ひっ……！」

刺激が強すぎる。イリヤの喉が反り、逃げようとするように腰がずり上がった。そんなことをしても四肢を拘束された状態ではたいして逃げたことにはならないのだが。だがカノアはそれを許さなかった。

「逃げるな」

「あ――――っ」

先端の小さな切り込みをぐりぐりと捏ねられて、イリヤは失神しそうなほどの刺激に襲われた。愛液が溢れてくる蜜口を虐められて悲鳴じみた声が上がる。

「ひ、い、そこっ、そこ駄目っ……！」

「どう駄目なんだ」

カノアは容赦なく追いつめてくる。おそらく彼の望むような言葉を口にしなければ決して許してもらえないだろう。

「か、感じ、すぎて…っ、おかしく、なりそう、だから……っ」

「なるほど」

指先が蜜口から離れて、イリヤは思わずほっとした。だが次の瞬間肉茎が熱く濡れたものに包まれて、全身がびくびくとわななく。

「あ、あっ！　んんあぁぁあ……っ」

カノアの口に肉茎を含まれたのだと知ったのはその次の瞬間だった。下半身にカアッと熱が走り、足の指先まで痺れてしまう。こらえきれない快感が腰から背筋を這い上ってきて、イリヤはたまらず背を反らした。

「んんあっ、あ、はあぁ、ああ……っ！」

彼の口にすっぽりと覆われ、じゅうじゅうと音を立てて吸われると腰が抜けそうになる。先ほど指先で責められた蜜口に舌先を捻《ね》じ込まれると、頭の中が真っ白になった。

「んあぁあ…っ、〜っ！」

嫌だ、駄目、とイリヤは首を振る。けれど、もしやめられてしまったらきっと残念に思うだろうということは薄々わかっていた。

（なんで。駄目だ、こんな）

自分が以前とは違う生きものへと変貌していく。それは怖くもあり、そして悦びでもあるのだ。

上体を捩って喘ぎ悶えると手首を拘束していた布がぎしり、と音を立てる。こんなふうにされていては、ろくに抗うこともできはしない。

「う、う、ふぅんっ、んああ……っ」

裏筋を舌で擦られるのもひどく感じる。このままでは、またすぐにイってしまう。

「あっ！　イく、いく、から…っ」

「構わないぞ」

カノアはそう言うとイリヤをますます責め立てるようにねっとりと舌を絡みつかせてきた。その瞬間、身体が浮くような感覚に襲われる。

「は、あ…はっ、あ、あああぁあ…っ！」

先ほど乳首で達したイリヤは、今度は肉茎を口淫されて極めた。腰骨がびりびりと痺れるような快感に思考まで犯され、背中が大きく反り返る。そしてカノアの口の中で白蜜を勢いよく弾けさせるのだった。

「――く、ア…っ」

射精の直接的な快感は頭をくらくらとさせる。激しい余韻に身体中を震わせていると、ふいに両脚が自由になったことに気づいた。

「……っ？」

足の拘束が解かれたのだ。なぜ、と一瞬だけよぎった疑問も、カノアがイリヤの両脚を抱え上げたことで得心する。

（挿れられる）

イリヤはちらりと視線を下げてみた。カノアが自らのものを引きずり出している場面が目に入る。彼の男根は相変わらず逞しく、ずっしりとした重量を誇りながら反り返っていた。

（あれが、私の中に）

その時の快感をすでにイリヤの肉体は覚えてしまっている。内壁をかき分けるようにしてこじ開けられた時の、あの愉悦。

「……っ」

ひくり、と喉が震えた。

「期待しているのか？」

からかうように言われて、イリヤは真っ赤になって首を振る。

「ち、ちが……」

「ここがひくひくしている」

「あっ」

先端を入り口にぴたり、と当てられ、思わず声を上げてしまった。そこがきゅううっと締まり、痙攣するように震える。それは内奥まで伝って、まるで飢えているように物欲しげだった。

「待っていてくれたのか。それは滾《たぎ》る」

「――――んあ、あ！」

ずぷっ、と音がして、大きなものが挿入ってきた。イリヤはこの男のものしか知らない。けれどそれは圧倒的な雄のものとしてイリヤの上に君臨した。

「あ、あ……あ、んぁぁあ……っ！」

「……ずいぶん情熱的に迎えてくれるようになったな」

イリヤの内部はいっぱいにされながらもっともっととカノアに絡みついていった。長大なものが深く埋まっていくごとに内壁を擦られ、そこからぞくぞくとした快感が込み上げてくる。すでに快楽を覚えてしまった肉洞は犯してくれるものを嬉しそうに呑み込んでいくのだ。

「お前が好きなのは奥のほうか？」

「ん、う…あ……っ、お、大き…い……っ」

ずずっ…とさらに深く沈められると、下腹の奥からじゅわじゅわと喜悦が広がっていく。ゆっくりと出し入れされて、耐えきれずに身を捩った。

「あっ、あ…っ、あっ」

ぬちゅ、ぬちゅっ、と卑猥な音が響く。カノアの砲身が内壁を擦っていくごとに身体中が細かく震えた。さっき蜜を吐き出したばかりのイリヤのものは再び勃ち上がって、先端を愛液で濡らしている。

「は……あっ、あ、あ…っ、ア、そ、そこ……っ」

肉洞の中には特に弱いところがいくつかあって、カノアの張り出した部分でそこを抉られると、我慢できないくらいに感じてしまう。

「ここか?」

「んああっあっ、い、いい…っ」

ごりごりと虐められ、頭の中が真っ白になってしまう。

「お前は覚えがいい。もっと可愛がりたくなってしまう。こんなふうに……」

そう言うとカノアはイリヤの胸の上でぷつんと尖っている両の乳首を指先で転がした。

「うあ、ああんっ、あ、それ、だめ……っ」

後ろへの挿入だけでもたまらないのに、さっきイかされた乳首まで同時に責められては我慢できない。イリヤは大きく仰け反り、高い声を上げてよがった。

「こんなに尖らせて俺の指を精いっぱい楽しませてくれる。お前は本当に可愛いな、イリヤ。褒美をやろう」

カノアの腰の動きが小刻みなものに変わり、感じる内壁をたっぷりと擦り上げてくる。胸の突起も指先で摘まれ、こりこりと揉まれたり押し潰されたりしていた。

「ああっ、ああっ…！　ん、ひ、ああうう…っ」

快感が炎のように全身を包む。イリヤの口の端から唾液が零れて伝っていた。だがそんなことすら気づかない。表情に恍惚の色すら浮かべて快楽に溺れてしまう。

「あ、あっ、い、イく、イき、そう……っ」

「ああ、奥がうねってきたな」

イリヤの内部はさっきから引き絞るような動きを繰り返していた。中をかき回されて媚肉が悶えている。

「イくのか？　どこが気持ちよくてイくんだ」

「あは、あ、な、なか、がっ…、乳首も、気持ちい…っ、んん、ああっ、あ、あぁああっ、～～～～っ」

がくん、がくんと全身を波打たせてイリヤはまた絶頂に達した。後ろでの深い極みはイリヤに慎みを忘れさせてしまう。イリヤははしたなく腰を揺らしながら、内奥のカノアを強く締めつけた。

「ああ、あ……っ」

身体中がじんじんと波打つ。熱い吐息を吐き出したイリヤは、全身の力を抜こうとした。

だがその時、内部を猛《たけ》ったものでゆっくりと突き上げられ、下肢が反射的に跳ね上がる。

「ん、う……っ」

イリヤはぎくりとして目を開いた。体内にいるカノアの大きさも固さも、まだいささかも衰えていない。彼はまだ達していないのだ。

「残念ながら俺はまだだ。さあ、あと何度かイってもらうぞ」

「あっ、ひ……っ」

ずうん、と突き上げられ、身体の中心を熱い快感が貫く。

「ああっ、も、もう……っ」

これ以上イったら、おかしくなってしまう。イリヤは切れ切れにそんなことを訴えたが、カノアは笑って優しく口づけてくるだけだった。

「駄目だ。俺は容赦はしない。そら、気持ちのいいところに行くぞ」

「あああんん」

カノアはあろうことか、イリヤの泣きどころを狙ってぶち当ててくる。達したばかりの肉体を淫らに責められてイリヤは啼泣した。その涙をカノアは舌先で拭い取る。

「いい子だ。可愛い俺のイリヤ」

「あ、あ、いく、また、イくうぅう……っ！」

びくんびくんと悶える身体を押さえ込まれ、回すように腰を突き入れられた。結局カノアが達するまでイリヤはさらに三度絶頂を味わわされ、彼が内部にしたたかに放った時、ほとんど気絶するようにして眠りに落ちたのだった。


信じられないと思ったこの国での淫行も、一月も過ぎる頃にはどうにか慣れるものだ。慣れるという言い方は正しくないかもしれない。許容できると言ったほうがいいだろう。王宮の中のそこかしこで遊学の名目で集められた王族の子女たちが犯されたりしているのを目撃しても黙殺できるくらいにはなった。もっとも運が悪ければこちらも引っ張り込まれて同じような目に遭わされてしまう。それでもイリヤはカノアの命令によって、口づけと男根の挿入だけは免れている。だがそれならそれで、責め方がえげつなくなるものだ。

「あああっ…、もう、もうっ」

イリヤは柱の陰で服をはだけられ、男に口淫されていた。後ろには二本指を入れられている。立ったまま大きく広げた脚の間に男が跪いていた。男はじゅうじゅうと音を立てながらイリヤのものを吸っている。

男は見たこともなかった。外に面した廊下を歩いていたら突然腕を引かれ、柱に押しつけられた。

だが、イリヤはそこにいたのが自分だけではないことに気づく。自分と違い、外壁に手をつかされ、背後から犯されている青年がいた。

「あ、ひ、んんんんっ……！」

「ほら、もっと腰を振れ」

男の律動に合わせ、青年の上げる声が断続的に響く。細い指が壁に爪を立てていた。

「──人のことを気にしている場合ではありませんよ」

「っ、ああ…んっ……」

イリヤの中で男の指がぐり、と動く。思わず甘い声を上げてしまった。

「イリヤ殿は特別扱いをされているのだから、しっかりと感じてもらわねば……」

「…っそんな、んあ、あああっ…！」

強く弱く肉茎を吸われ、イリヤは両の膝をがくがく震わせながら絶頂へと追い上げられる。

そしてその沸騰した意識の隅で、もう一人の青年の切れ切れの嬌声が聞こえた。

男たちはさんざんイリヤたちを弄んで満足したのか、事が済むとあっさりと去っていった。

柱を背にへたり込んでいたイリヤはふと自分を取り戻すと、手早く身支度をして乱れた髪をかき上げる。

（そうだ、もう一人いたんだった）

視線を巡らすと、そこには倒れ込んでいる青年がいた。イリヤは近づいて覗《のぞ》き込む。黒髪の美しい青年だった。

「大丈夫か」

前に自分がこんな言葉を言われたような気がする。それを今度は他の人間に言っているというのは、なんとも奇妙なような感じがした。

青年は涙に濡れた顔を上げてイリヤを見る。紅潮した頬が淫靡だった。

「君も、どこかの王族の人間？」

「……バンデラス王国の第四王子、ニコルです。あなたは？」

「フェリクスという北の国から来た。イリヤという。王族だ」

「イリヤ……」

ニコルは手早く衣服を調えながらイリヤの名を繰り返す。そして思い当たることがあったのか、こちらを真っ直ぐに見つめて言った。

「知っている。カノア王に特別扱いをされているって」

「え」

「君はカノア様の相手だけをすればよくて、俺たちみたいに名も知らない男たちに犯されたりしない」

その声にはどこかイリヤを責めるような響きがある。イリヤは驚き、思わず息を呑んだ。

「今、見ていただろう。私だって……」

「触られたり舐められたりするだけだろう。本当に支配されたり蹂躙《じゅうりん》されたりしない」

その攻撃的な言葉に、先日アーリンが言っていたことを思い出した。ここでの最も賢明な過ごし方は自身に降りかかることを割り切って愉しむことだが、必ずしもそれができる者ばかりとは限らない。ニコルは後者であるのだろう。イリヤ自身も、完全に割り切っているとはいえない。

けれどニコルの言うことはすべて正しいわけではなかった。確かにイリヤは口吸いと男根の挿入こそされていないが、かわりに指や淫具は挿れられる。それはもう、犯されていることとほぼ変わらないのではないか。

「毎回違う男の精を中に注がれる時の無力感なんか、君にはわからないだろう」

「……っ」

ニコルの言葉に殴られたような衝撃を感じた。イリヤの中に吐精するのはただ一人、カノアのみ。そしてイリヤはその瞬間、確かに悦びと興奮を感じている。ニコルの立場に立って考えてみれば、それはやはり耐えがたいことなのかもしれない。

「……失礼する」

イリヤが差し出した手を振り払い、ニコルはよろめきながらも立ち上がった。その太股に白濁した精が伝っているのを見て、イリヤはそっと視線を逸らす。

ニコルはもうイリヤとは口も利きたくないと言わんばかりの顔でその場から立ち去っていった。


「――――それは仕方ないさ。そういう奴もいる」

王宮の奥まった区画にある温室で、イリヤはアーリンと顔を突き合わせていた。

少し話をしたいと言うと、アーリンはこの部屋へと案内してくれた。王宮内をふらふらしているといつ男たちに捕まって相手をさせられるかわからない。かったるい時や気分が乗らない時のための避難場所をいくつか見つけているのだという。つくづく彼は要領よくこの『遊学』をこなしていると思う。

「それに俺はイリヤが楽しているとは思わないしな」

「えっ……」

ふいにぎくりとさせられて、イリヤはアーリンを見た。

「口吸いはまあいいとしても。挿入がない分、なんていうか……、えげつなく責められているような感じがする」

「っ……」

思い当たる節があって、イリヤは思わず赤面する。

そうなのだ。抱かれる身としては、何も男根を挿入されなければいいというわけではない。恥ずかしい格好をさせられ、快楽を与えられ、肉体を暴かれるというのは、イリヤにしてみれば性行為とたいして違いはない。おまけに男たちは、イリヤに挿入が叶《かな》わないとなると、より痴態を晒させようとするのだ。先日のように卑猥な道具を使われるのはもちろん、寸止めさられたり、敏感な場所をずっとくすぐられたりもした。

「カノア様はどうしてそんなことをお命じになられたのだろう」

「うーん……」

アーリンは少し考え込む顔を見せる。

「それはやはり、イリヤを特別に思っているからじゃないかな」

「私を……？」

「そんなようなことは言われなかったのか？」

「カノア様ご自身も、よくわかっていらっしゃらないようだった。これは独占欲なのか？と逆に私に聞かれたりもしたけれど」

「ああ――なんだ」

アーリンは得心したという顔をした。

「わかっているじゃないか。カノア様は君を独り占めしたいんだよ」

「……それは、どういう……」

「本気で言っているのか？」

彼は呆《あき》れたような口調で言う。

「君のことがお好きなんじゃないか」

「――――」

どくん、と心臓が跳ねる感覚がした。

「ど、どうして」

「そんなことはカノア様に直接聞けよ」

「聞けるわけないだろう」

「うん、まあ……そうだな」

自分で言っておいて、アーリンは素直に頷いた。それからふと思い出したように話を続ける。

「聞いた話だけど、遊学に集めた王族の子女たちを手籠めにする慣習は、カノア様が始めたわけじゃないらしいぞ」

「そうなのか」

言われてからさもありなんと思った。この慣習は少なくとも数十年前からあると聞いていたから、カノアの年齢からすれば彼が始めたとは考えづらい。

「おそらく、カノア様の先代か先々代か――。カノア様はその慣習を引き継いだにすぎないってことじゃないかな。だからご自身は加わらない。少なくとも、君が来るまでは」

「……」

イリヤが来た時、カノアは自らイリヤの身体を拓いた。だからこの国に来た王族の子女を最初に抱くのが彼なのではと思ったこともあるが。

「アーリンは、アラク様が最初の相手と言ったよね」

イリヤが尋ねると、彼は虚空にふう、とため息をついて答えた。

「そうだよ」

その時彼の瞳にふとやるせない色が浮かぶ。

「俺はなかなか最後まで挿入らなくて、三日くらいかかった。その間ずっとアラク様は俺の後ろを慣らしてくださって……最後までできた時は褒めてくださった」

アーリンは目元を薄く染めながら話してくれた。

「もしかして、アーリンはアラク様のことが……？」

「そうならないようにしている」

「なぜ」

「ずっとここにいられるわけじゃないからな。いつかは国に戻らないといけない」

だったら悲しいだけだろ、と言う彼の言葉はイリヤの胸を打った。

「俺は勇気がないけど、イリヤは後悔のないようにしたほうがいいよ」

カノア様とのことを考えるのなら、と彼は言っているのだ。

――あまりに衝撃的なことばかり起こるので、そこまで考えが回っていなかった。

イリヤとて、ずっとここにいるわけではない。いつかはあの雪と氷の国に帰らなければならないのだった。

初めて入ったカノアの寝室を、イリヤは不躾と思いつつも見回さずにはいられなかった。

初めて寝所に呼ばれて、もしかしたら浮き上がっていたのかもしれない。

「どうした。めずらしいものでもあるのか」

「申し訳ありません。あまりに美しい御寝所だったもので」

カノアの寝室の壁は夜空の色に塗られ、月や星が描かれていた。天井からは幾枚もの布が垂らされ、そのうちの何枚かは透ける素材だった。

「この部屋は深い空を表している」

「深い……空？」

「お前は、この空のずっと上には何があると思う」

カノアの腕がイリヤの腰を抱き寄せる。

「空の上ですか」

家庭教師には、この世界は透明な硝子《ガラス》で囲まれていると教わった。この空の上のずっとずっと上には透明な天井があって、世界はそれに囲まれていると。だから人は放り出されずにすむのだと。

「家庭教師はそう言いましたが、私はなんとなく違うのではないかと思うのです」

カノアがなぜこんな話をし出したのかわからなかったが、イリヤは長年の疑問を口にしてみた。笑われるかもしれないと思ったが、カノアは興味深そうに聞いている。

「話してみろ」

「この空のずっと上……さらに上には、別の空があるのではないかと」

「ほう」

カノアはイリヤの腰から脇腹にかけて撫でながら聞いていた。時々反応しそうになって、ぴくん、と肩を震わせる。

「この世界は、どこか……広大な空に浮かんでいて、ずっと遠くには、また別の世界があると……、そんなことを、空想していました」

「そうか」

脇腹を揉まれ、イリヤはあっ、と声を上げて身を捩る。そのまま押し倒され、シーツの上に縫い止められた。

「申し訳ありません、戯言《たわごと》を……」

「いや」

カノアは軽くイリヤの唇を啄《ついば》んでくる。

「俺も同じ考えだ」

「……えっ」

「この国では、世界は囲いなどに覆われていない。空の上はまた別の空だ。それを宇宙という」

「宇宙」

「空を見上げていると、この上に囲いがあるなどと思えなくてな。この国の学者も俺の考えとは違う者も多いが。……お前がそう言うとは思わなかった」

彼はどこか嬉しそうに口の端を引き上げて笑った。

「この部屋はそれを描かせたものだ」

イリヤは視線を動かして改めて彼の寝所を見やった。暗い空に浮かぶいくつもの星。雲に覆われている季節のフェリクスの空にはこんなに多くの星が見えることはめったにないが、晴れた夜には窓の外をずっと眺めていたことを思い出す。あの時も、こんな光景を思い浮かべていた。

「お前と同じことを考えていたとは、嬉しいことだ」

「んっ……」

カノアが唇を重ねてきた。彼にしか許していない舌を捕らえられ吸われると、頭の芯がぼうっと痺れてくる。

「……誰にもこの唇を許していないな?」

「……っは、い」

「ここもだ」

後ろを指で弄られ、イリヤは高い声を上げた。

「あっんっ！」

「ど…どうして、ですか、カノア様」

「うん？」

「どうして私だけ……そのような……っ」

「不服か？」

思ってもみないほどに真摯な瞳で見据えられ、イリヤは困惑する。不服ではない。カノアに特別扱いされて、どうして不服だと言えようか。だが本音はそうでも、それだけではすまされないのだ。

「他の王子たちが、いい気はしないでしょう」

「だが俺はお前以外の者は抱かない」

後ろに香油を垂らされ、指が潜り込んでくる。

「んんう……っ！」

「俺の視界に飛び込んできたのはお前のほうだ。諦めろ」

「あ、あ……っ、んん…っ」

香油で濡らされた肉洞の中をまさぐられ、くちっ、くちっ、と音が響いた。

「ん、ふ…っ、あうぅ…っ、ど、どうして、こんなに……っ」

この場所を中から刺激されると、下腹が疼き、内奥から気持ちよさが込み上げてくる。

ここに来る前には知らなかった感覚だった。最初にカノアに、そして男たちの淫戯で教え込まれた快感は後ろだけではなく前の肉茎にも伝わって、触れられていないのに淫らな刺激が走る。

「濡れて、勃ってきたぞ」

イリヤの肉茎の先端は愛液を滲ませ、震えながら勃起する。どういうわけか乳首までじんじんと脈打って尖ってきた。

「お前は俺の気持ちなどまったく知ろうともしない。――少々癪《しやく》だから、今日はうんとわからせてやろう。この中が俺のものだということを」

次の瞬間、彼の指が肉洞のある部分をぐじゅっ…、と押し潰す。

「んうぁあぁっ」

下腹の奥が甘く痺れきるような快感が広がった。両脚がびくびくとわななき、上体が思わず仰け反ってしまう。そこはイリヤの弱い場所のひとつだ。そこを指や男根の張り出した部分で擦られるとものすごく気持ちよくなってしまう。

「あ、あっ、そこ、そこぉ…っ！」

「ここが弱いのだろう？　こってりと可愛がってやろう」

「んあ、あああ、くぁぁ…っ」

イリヤの内壁がうねり、カノアの指を締めつけた。だが彼はお構いなしに媚肉を捏ね、二本の指の腹で泣きどころを揉みしだいた。

「ひ、ぃ…っ、あああ、あうう…っ、い、いっ…く……っ」

そんなことをされれば、すでに躾けられている身体はたちまち登りつめてしまう。もうとっくに後ろだけでイけるようになったイリヤは、カノアの指で絶頂を極めた。

「んんうう――…っ」

はしたなく腰が浮き、屹立の先端から白蜜を噴き上げる。それはカノアの指とイリヤの下腹を濡らしていった。

「たっぷり出たな」

「あ、んあっ…、あああっ、く、ひ……っ」

達しても彼の指の動きが緩むことはない。余韻に痙攣する内壁を優しく撫で回されると頭がおかしくなりそうだった。

「こんなに中を痙攣させて、可愛いことだ。そら、またここを虐めてやろう」

「ま、待って、待ってくださ、まだ…っ、んう、くうあぁぁあ」

またさっきの場所に指を沈められ、今度は軽く擦られたり、指先でくすぐられたりする。

イリヤはシーツの上でびくびくと身体を震わせてよがり泣くしかなかった。力の入らなくなった指先でひっかくようにシーツをかきむしる。触れられもしない肉茎が切ないのに気持ちがいい。

「あ、ア、こんなの、あっ」

「気持ちがいいか」

「ふあ、あ…っ、いい、いい……っ！」

自然と淫らな言葉が口をついてしまう。はしたなく振る舞うとイリヤの中の何かが解放されるような気がした。イリヤは立てた膝を大きく開き、恥ずかしい部分をカノアに曝け出すようにして彼の指を呑み込んでいる。自分の痴態を彼に見られているのだと思うと火のような興奮が全身を包んだ。

「っ、あっ、あっ、そこ、気持ちいぃ…っ」

「ここが好きか？」

「あっあっ、す、すき、です……っ、また、すぐ、イってしま…っ！」

「よしよし。何度でもイっていいぞ」

また、その場所を指でぐぐっ、と押される。

「っ、ひ――――…っ」

口の端から唾液をしたたらせ、イリヤはいとも簡単に達してしまう。全身が甘く痺れるようだった。

「や、や…あっ、ああ、またっ、許して、ゆるしてくださっ……！」

イっても容赦なく追い上げられるのに耐えかねてイリヤは哀願する。

「いいや、駄目だ」

けれどカノアは当然のことながら聞き入れてくれなかった。絶頂にひくひくと悶える媚肉を優しく撫で回される。足の先にまで快感が走った。

「お前の中は誰のものだ？　イリヤ……」

「ああっカノア様のっ、カノア様のものです……っ」

夢中で口走ると、カノアは少し表情を緩ませ、イリヤの口を吸ってくる。舌をしゃぶられて恍惚となりうっとりと吸い返した。

「この舌を味わうのも俺だけでいい。そうだな？」

「は、は…い……っ」

もはや朦朧《もうろう》となりながらも答えると、彼はようやっと満足したのかゆっくりと指を引き抜く。

「う……っ」

あれだけ許して欲しいと哀願したのに、そこを犯すものがなくなると途端に内奥が疼いた。指ではもう足りない。彼の長大な男根が欲しかった。イリヤの縦に割れた肉環が激しく収縮する。その様子にカノアの喉が上下するのを見て取った。

「は、あ、は……っ、いれて、挿れてくださ……っ、ここに……っ」

奥まで突き入れられ、思うさま突き上げて欲しい。そして一番奥で欲望を吐き出して欲しいのだ。

「ああ、俺もお前の中を味わいたい」

怒張の先端がヒクつく肉環の入り口に当てられる。その瞬間にも全身がぞくぞくしてしまった。そしてカノアの凶器のような男根がイリヤの中にずぶずぶと這入ってくる。

「んああっ！　ああぁ――――っ」

飢えた肉洞をいっぱいにするように押し這入ってきたそれに耐えられず、イリヤはまた達してしまう。カノアはそれに構わずに腰を使い始めた。ぬちっ、ぬちっ、という音が淫らに響く。

「ふあっ、あっ、あああぁあっ」

指とは比べ物にならないほど、圧倒的な質量と熱を持つもので犯される。それは身体が吹き飛んでしまいそうなほどの快楽だった。さっきまで指で責められていた泣きどころをごりごりと抉られると、泣き喚きたくなるほどの快感に侵される。

「うあぁあっ、んあぁぁあ……っ」

全身がぞくぞくしっぱなしだった。強く抱きしめて欲しくて震える腕をカノアに伸ばす。

すると上体を強く抱きしめられ、最奥にぶち当てるように抽送が激しくなった。

「んんあぁあぁあ…っ」

限度を超える快感に、イリヤも無意識に腰を揺らす。やがて肉洞をいっぱいするそれがどくどくと脈打ち、耳元で低く呻く声がした。内奥に叩きつけられる熱い精の感覚。

「ふあっ！　……あぁあぁあ…っ、〜〜〜〜っ！」

声にならない声を上げてイリヤも果てる。カノアは最後の一滴までイリヤの中に注ぎ尽くすと、それを内壁に塗り込めるように腰を動かした。

「あはぁぁあ……っ」

多幸感に涙が滲む。

「こんなふうにお前の中に注ぐのも俺だけだ。いいな……？」

色めいた声を耳に吹き込まれて、イリヤは恍惚としたままこくりと頷くのだった。

今日は遊学に来ている王族の子弟たちと一緒に昼食をとる日になっていた。イリヤは少しばかり気が進まなかった。アーリンと会えるのは嬉しいが、もう一人、イリヤに対してあまりよい感情を持っていないだろうニコルがいる。

広間に通されると、テーブルの上には食事の用意が整っていた。ランティアの郷土料理の他にそれぞれの王子の国の料理、そして籠《かご》の中にはフルーツが山ほど盛られている。

テーブルの席には、アーリンが座っていた。イリヤが近づくと、親しげに笑いかけてくる。

「やあ」

彼は元気そうだった。少なくとも悲しい思いはしていないのだとほっとする。イリヤも微笑みを返して彼の隣の席についた。

「あと一人は君より後に来たのに、一番最後にお出ましとはいい度胸だな」

アーリンがこっそりイリヤに耳打ちする。ニコルのことだろう。イリヤはそれには答えず、曖昧に笑って返した。すると扉が開き、たった今噂をしていた人物が入ってきた。彼はアーリンとイリヤのほうをちらりと見ると、視線を逸らしてつかつかと歩いてくる。そしてイリヤたちの対面に座った。そのタイミングで食前酒が注《つ》がれる。

少しばかり気まずい空気の中、会食は始まった。

「ここの料理は最初は香辛料が利きすぎると思っていたけれど、慣れるとやみつきになりそうだ」

「本当に。でも私はけっこう辛いものは大丈夫かもしれない」

「へえ。見かけによらないものだな」

アーリンと取り留めない話をしていても、向かいに座るニコルは押し黙ったままだ。

「――そういえば、ニコル。君の国、バンデラスはどんなところなのかな」

イリヤは意を決して話しかけてみた。

「私の国、フェリクスはずっと北のほうにあるんだ。ここには船で来た。私の国はすごく冬が長いから、この国に来た時は驚いたよ」

もしかしたら無視されるかもしれないと思った。アーリンは驚き半分、そしてよくやるよとでも言いたげな表情でイリヤとニコルを見比べている。当のニコルは虚をつかれたような顔をしていた。そういう表情をしていると、雰囲気が柔和になってとても可愛らしく思う。

沈黙が数秒間流れた。これは駄目かな、と諦めた時、ニコルが口を開いた。

「バンデラスは、東の端にある島国で、比較的温暖な気候だよ。ここほど気温は高くない」

会話に乗ってきてくれた。イリヤは嬉しくなって、話の糸口を途切れさせないようにと必死で言葉を繋いだ。

「そうなのか。特産は？」

「資源はあまりなくて、農業に力を入れている。それから音楽だ」

「音楽？」

「バンデラスの国民は皆歌が好きだ」

彼は国を代表する歌手の名前を何人か上げた。その中にはイリヤの知っている歌手もいた。

「なるほど、君の国の歌手だったのか」

「――うん」

ニコルがはにかんだように俯く。

「そちらの国のお酒は、いくつかバンデラスにも入ってきている。うちの父も気に入っているようだ」

「そうなのか。バンデラス国王に好んでいただけるとは光栄だ」

にこりと笑いかけると、ニコルは恥じらったように、わずかに口の端を持ち上げた。

――笑った。

イリヤがアーリンを見やると、彼は苦笑して肩を竦める。

「そちらが音楽なら、うちの国は彫刻や絵画が有名だ。国が出資する学校もある」

アーリンもまた会話に加わってきて、それからデザートを食べ終わるまで話は続けられた。


「今日はありがとう、ニコル」

広間を出て部屋へ戻る時、イリヤは彼の背中に声をかけた。驚いたような顔でニコルが振り返る。

「話をしてくれて嬉しかった」

「あ……」

もしも自分たちの間にあるものがちょっとした感情の行き違いであるなら、会話をすることによって結び目が解けるのではないかと思ったのだ。あそこでイリヤが拒絶されたからといって、こちらも拒絶したのでは何も変わらない。歩み寄ってみてよかったと思った。

「……こちらも、ありがとう。その……、先日はすまなかった」

「いや、いいんだ」

打ち解けた様子を見せてくれる彼に嬉しくなる。アーリンとも別れて、自室へ戻ろうとした時だった。

「……カノア様」

「イリヤ。……ああ、会食は終わったか」

「はい。皆と仲良くできました」

廊下の角を曲がったところに立っていたカノアはどこか気遣わしげにイリヤを見ていたのだが、その言葉を聞くとどこかほっとしたような顔をした。

「そうか。それはよかった」

「あの……？」

「いや、俺がお前のことを特別に扱っていることで、お前がつらい思いをしているのならよくないと思ってな」

「それで、わざわざ様子を見に……？」

「まあな」

そんなふうに言われて、イリヤはひどく驚いた。

「なんだ、その顔は」

「いえ、そんなふうに考えてくださるなんて、思ってもみませんでしたので……」

なんだか面映ゆい気分だった。こういうことが重なるごとに、彼に対する想《おも》いが少しずつ募ってゆく。

「言ったろう。特別だと」

大きな手が頭の上に乗せられる。銀色の髪が彼の指によって梳《くしけず》られた。

「お前にはここで楽しく過ごしてもらいたいからな」

「あ……」

顔が近づいてきて、熱い唇が重なる。目を閉じると何度か優しく唇を啄まれた。今のイリヤは、それだけで陶然となってしまう。

「……これ以上口づけていると、抱きたくなってしまうからな。まだ仕事が残っている」

少し吸っただけで唇は離れていった。熱を持った頬に触れられ、甘くため息を吐き出す。

「そんな顔をするな。また夜にな」

「……はい」

最後に親指でイリヤの唇を拭い、カノアは廊下の向こうに消えていった。イリヤはその背中を見えなくなるまで見つめているのだった。


その日以降、ニコルはイリヤに敵対心を向けることもなくなり、ごく普通に接してくれた。

(よかった。わかってくれたんだ)

イリヤがカノアに特別扱いをされているのは事実だが、別にイリヤに悪意があるわけでもないのだ。

(今度、もっとちゃんと話してみたいな)

彼の祖国の話や、家族の話も聞いてみたかった。何が好きかということも。

そんなことを思っていると、ある日向こうから声をかけられた。

「イリヤ」

振り向くとニコルが立っていた。

「やあ。元気?」

「ああ、そっちは?」

「問題ない」

少し素っ気ない口調は元かららしい。彼は以前と比べると格段にイリヤに好意的になっていた。

「イリヤ、君に話があるんだ」

「話?」

なんだろうとイリヤは首を傾げる。

「初めて会った時、ひどい態度だったろう、俺」

「ああ…、別にもう気にしていないよ」

「お詫びも兼ねて、君を俺の部屋に招待したいんだ」

「私を?」

「国からティータイム用の菓子が届いて、ぜひ君と一緒にお茶をしたいと思って」

「ありがとう。嬉しいよ」

ここまで心を開いてくれるようになった。それが嬉しくて、イリヤは思わず声を弾ませた。

「アーリンにも声をかけてみようか」

「あ、それは」

ニコルは少し困ったように言う。

「できれば、君と二人だけで話したいんだが」

「……そうか」

少しひっかかったが、最初の出会いが出会いだっただけに、何か特別に話したいことでもあるのだろう。イリヤはそう思って頷いた。

「わかった。私だけで伺わせていただく」

「ああ」

ニコルはほっとしたような顔をする。自分もそうだが、彼はあまり人づきあいが得意なタイプではないのだろう。アーリンのような闊達《かったつ》としたタイプは気後れしてしまうのかもしれない。

「それで、カノア様にも内緒で来て欲しいんだ」

「え?」

彼の言葉にイリヤは少し驚いた。

「カノア様はイリヤに特別な感情を持っているようだから、俺が君と接触するのはよく思わないのではと思って……」

「そんなことはないと思うけど」

「うん、でもやっぱり気になるから」

そういうものだろうか、とイリヤは思う。けれど、彼なりにイリヤとの関係を再構築したいと思ってのことなのだろう。国主であるカノアにどう思われるか気になるのもわかる。

「わかった。一人で行く。カノア様にも言わない」

「そうか」

ニコルはどこかほっとしたような顔をした。

その後、日時と時間を決めてニコルと別れる。ここでの生活は色々と予想外だったり規格外のことが多いが、そんな中でも友人と呼べる存在ができるのは悪くない。イリヤはそんなふうに思うのだった。

約束した日、イリヤは指定された部屋のドアを叩く。少しの間があって、ドアが開いた。中からは知らない男が顔を出す。

「……？」

イリヤは思わず緊張に身を固くした。だがそれよりも早く、男の手がイリヤの腕を掴む。

「！」

部屋の中に引き入れられ、背後で扉が閉まった。

「何をする！」

思わず声を上げて、イリヤははっとあたりを見る。部屋の中には知らない男たちが四、五人ほどいた。お茶の支度などはされておらず、部屋の中央にはスツールがひとつ置いてあった。

「誰だ……お前たちは」

『いつものやつ』かと思ったが、そこにいる男たちはイリヤは誰一人として見覚えがなかった。この国に遊学中の王族の子女を抱けるのは基本的に王宮の関係者、それもカノアの臣下とその部下たちに限られる。

「王子様は俺たち下働きの顔などご存じないか」

「……？」

「王宮の建物や庭を掃除したり、力仕事をしているのは俺たちなんだがなあ」

「カノア様の家臣が外国から来た王族の方たちを手籠めにしているのをずっと指咥えて見ていたんだよ」

「どういうことだ」

自分が危機的状況にいるのはわかる。彼らが何をしようとしているのかも、薄々感じ取れた。だがその一方で、これからどんな目に遭うのか知りたくない自分がいるのだ。

「なあ、けどこの王子様はマズいんじゃないのか。陛下のお気に入りなんだろ」

男たちの中には尻込みしている者もいた。

「なんだよ。今度はこいつがいいってみんなで決めたろ。あの黒髪の王子も一度犯してやったら喜んで言うこと聞いてたじゃないか」

黒髪の王子とはニコルのことだ。

「……ニコル、ニコルはどうしたんだ」

イリヤが詰問すると、男たちは面白がるような、あるいは同情するような目を向ける。

「イリヤ様。あんたはニコル様に売られたんだよ」

「な……？」

衝撃にイリヤは言葉を失った。

「もとはと言えば、あの王子様に隙があったのがいけないのさ」

ニコルは国のためと言われてここに来たが、その条件として遊学している間はカノアの家臣たちに身体を好きにさせるという習慣にはどうしても馴染めなかったらしい。アーリンが言っていたように、中にはそういう者もいる。その場合、通常は諦めて国に帰してもらう。だからと言ってランティアとの関係が悪くなるということもなく、ただ協力を得られなくなるだけだ。

だが、簡単に『嫌なら帰ればいい』というわけにはいかないだろう。ニコルもまた屈辱を耐え忍んでいたに違いない。

だがそんな時、彼の身に新たな悲劇が襲いかかった。

王族の子女が犯される様子を目の当たりにしながら一切手を出せない下働きの男たちが彼に襲いかかったのだ。

「……痴《し》れ者が。なんということを……」

「やってることたあ偉い方々と一緒だと思いますけどねえ」

彼らの言うことも、一部に理があった。だがだからと言って、その許しを持たない者がそれを強行するのは間違っている。

「そういう堅苦しいことはもううんざりなんですよ。美しい王子様方とよろしくやっているのをさんざん見せつけられてお前らは手を出すななんて無茶だ。俺たちは今までずっと我慢してきたんだぜ」

「カノア様は寛容だからきっとお許しになるさ」

「だからお前たちはニコルに好き放題したのか」

「ああ、しましたよ。最初は納屋に連れ込んで、身体中舐め回してやりました。これまで抱いた女なんかとは比べ物にならないくらいすべすべの肌をしてましてねえ……。さすがは王族ですね。それからぶち込んでやると、ひいひい泣き喚いて、イキまくってましたよ」

「あれは偉い方たちに仕込まれたんでしょうな。感度も上々でした。それから何度か呼び出して遊んでもらいました」

「彼はなぜお前たちの呼び出しに応じたのだ」

ニコルが受けた無体に怒りで声を震わせながら尋ねる。

「そりゃあイリヤ様」

男の一人がそんなこともわからないのかと肩を竦めた。

「そんなこと、知られたくないからに決まっているでしょう。ああいう高貴な方ってのはね、自分よりもずっと下の身分の者に犯されるなんて、誰にも言えないもんです」

「お前たちだって、そんなことが知られればただではすまないはずだが⁉」

「知られればね」

男はにたりと笑った。

「誰かに言ったら、城下の卑猥な絵専門の絵師にその時の様子を描いてもらって名前入りでバラまく。そう言ったんですよ。そりゃあ言えないですねえ」

「……っ卑怯《ひきょう》な…っ」

イリヤは唇を噛んだ。他国といえどそんなことをされてしまったら、いずれもっと広く知れ渡ってしまう。そんなことがあの繊細そうな彼に耐えられるはずがない。

「けど、もう許してくれって泣いて頼んできたんです。だから、かわりの王子様を差し出すならって言ったんですよ」

それがイリヤだというわけか。アーリンのほうを選ばなかったのはなんとなくわかる。彼はニコルと同条件でここにいるし、まず彼は他人に同情をしない。そういったところがニコルにつけ入る隙や動機も与えなかったのだろう。

――――私に隙があったせいで。

イリヤは自分の拳をぐっと握りしめた。どうにかここから逃げ出す方法はないかとあたりを見回してみるが、扉の前には男が立っていたし、この部屋には窓がない。

「これで状況はおわかりでしょう？　さあ、俺たちと楽しく遊びましょうよイリヤ様。天国を見せてあげますよ」

男たちの輪が迫ってくる。はっとしたイリヤは、一瞬の隙をついて脇をくぐり抜けた。

「あっ！」

「クソッ捕まえろ！」

逃げなければ。

目の前にある扉がとてつもなく遠く感じた。だがイリヤは手を伸ばし、ドアの把手《とって》に指先が触れる。

だが次の瞬間、髪を掴まれた。

「あっ…つっ！」

痛みに怯んだ時、両腕を掴まれる。イリヤの逃亡劇はそこで終幕となり、引きずり戻されてスツールの上に引き倒された。

「あ…うっ！」

「危ないとこだったぜ。まったくお転婆な王子様だ」

「離せ！　無礼者っ……！」

渾身《こんしん》の力ではね除けようともがいても、上から複数の手で押さえつけられているために身体を起こすことすらできない。やがて両の手足がスツールの脚の部分にそれぞれ縛りつけられることにぎくりとした。

「何をっ……！」

「そりゃあ、暴れられないように縛っているんですよ」

「痕《あと》が残らないよう、柔らかい布で縛ってあげますからね」

確かに手足に巻きつけられる布は摩擦で肌を痛めることがないような素材ではあるようだが、イリヤの自由を奪うことには変わりはなかった。

「やめろ、解けっ……！　解かないか！」

「そいつはできない相談だ、王子様」

拘束が終わると、イリヤはスツールの上に張りつけられるような体勢になる。脚は開き、両腕も頭の上に持っていかれて、ひどく無防備な格好だった。

「では、お身体を見せていただきましょうか」

「やめろ、やめろっ……！　見るなっ……！」

こういう状況になって、今更だがイリヤは自分たちが着ているこの国の衣装がどれだけ脱がしやすく、簡単に裸になれるものなのかということを思い知った。下半身に巻きつけられている布は簡単に取り去られ、上着も開かれて上半身が露わになった。

「……っ！」

大事な部分を覆う布が取り払われた瞬間、イリヤは目をきつく閉じて顔を背ける。

「おお……」

「これはまた、いやらしい身体だ」

あまりの屈辱と羞恥に涙が滲んできた。

「なんだよ王子様。偉い人たちには身体を許せて、俺たちには許せないってか。さすが気位が高いこったな」

「それは、そういう契約だからだっ……！　カノア様や、その臣下に身体を許す代わりに、私の国が益を得る。だがお前たちにはそれがない。おまけに、こんな騙し討ちのような真似《まね》を……！」

「あー、そういう正論が聞きてえわけじゃないんですよ」

「あっ！」

男たちの乾いた手が肌を這う。その感覚に思わず声を漏らしてしまった。

「身分がどうでも、同じ男だ。なんなら、俺たちのほうが偉い人たちよりもうんとヨくしてやれるかもしれねえですよ？」

「そんな、ことがあるものかっ……！」

彼らの思い通りにはならない。喜ぶような反応はしない。イリヤは心の中で固くそう誓った。何をされても貝のように押し黙り、人形のように身動きもしない。そうすれば男たちもすぐに飽きて解放してくれるだろう。イリヤはそう思い、観念したように身を固くした。

だがイリヤはすぐにそれが不可能に近いことを思い知らされた。

「あ、はっ、はあ…っ、ん、やめっ」

「ほらほらどうしましたイリヤ様。反応しないんじゃなかったですか」

男たちの手が、指が身体中を這っている。それはイリヤの感じる場所を探るように動き、少しでも反応があったところを執拗に刺激した。

「というかイリヤ様、全身性感帯じゃないですか。ほら、ここをこうすると……」

脇腹から腋下にかけてを指先が踊るように動く。台の上でイリヤの肢体がびくん、と跳ねた。

「ふああっ！　は、あ、あっ…はああっ」

「これは我慢できないでしょう」

「腋の下が特に駄目みたいだ」

くぼんだ腋下を無骨な指先でくるくると撫で回される。

「んんっあっぁあーっ」

異様な刺激に身体がびくびくと暴れ回った。だが四肢を拘束されている上に、男たちに押さえつけられて身動きを封じられる。

（こ、こんなっ……、で、でも……っ）

先ほどまでの決心がいささか無理であるということは、イリヤにも薄々わかっていた。連日カノアや王宮の男たちに抱かれ、肉体を拓かれて、ひどく感じやすくなっている。そして自分の中にそういったものを悦ぶ性質があるということを最近は認めかけていたのだ。

そして男たちは豪語するだけあって、確かに巧みだった。意地の悪い愛撫はイリヤを容《た》易《やす》く鳴かせ、よがらせてくる。

「ここも感じやすそうだ」

「んんあぁっ」

両の乳首を左右から摘まれ、くりくりと転がされた。刺激に弱い突起はたちまち固く尖って膨らむ。

「あ、あぁくう…っ、ひぃ…っ」

左右の乳首はそれぞれ指先で弾かれたり、爪の先でかりかりとひっかかれたりしている。甘い痺れが全身に広がっていった。身体がじわりと熱くなる。

「身体中が卑猥な色に染まってきましたよ、イリヤ様」

「ずいぶんと興奮なさっているようで」

「ち、ちがっ……、んんっ、あっ！」

こんな声を上げているようでは、強がりすらも体をなさなかった。内股や足の付け根までくすぐられて腰が動いてしまう。そしてイリヤの肉茎は、その淫戯に明らかに反応していた。

「先っぽからよだれが垂れていますよ。濡れやすいんですね」

「ああ……っ」

そそり立ち、愛液を溢れさせている屹立を、根元からつつうっと撫で上げられる。途端に腰の奥までジン、となるほどの快感が走った。

「いつもカノア様にこれを可愛がられているんでしょうなあ」

「どれ。俺たちもしてやろうぜ」

男の一人が舌を突き出す。伸ばされたそれがイリヤの裏筋をぞろりと舐め上げてきた。

「ひうっ……んんっ！」

強烈な刺激が腰から背中を突き抜けてくる。そのままぬるりと根元まで咥えられ、イリヤは声も出せずに仰け反った。

「～～～っ」

それを合図にしたかのように、彼らはいっせいにイリヤの上に屈《かが》み込み、身体のあらゆるところに舌を這わせ始める。

「んんあぁあぁ」

イリヤはあられもない嬌声を上げた。口淫だけでも耐えられないほど気持ちがいいのに、両の乳首も舐めしゃぶられ、時折優しく歯を立てられる。無防備に晒された腋下にも舌が伸びてぺろぺろと舐め上げられていた。

「んあはぁぁっ、あっ、ああ――っ」

「どうです。気持ちがいいでしょう」

「ニコル様もこれで一発で堕《お》ちたんですよ」

「~~~~っ、~~っ」

イリヤは答えることさえできなかった。あまりに淫靡な快感に全身がわななき、はしたない声を上げる。敏感な身体は舌の責めに耐えられない。

「あっ、ああ――あっ、くっ、イくっ……！」

「いいですよ。今日はたくさんイかせてあげますから」

こんな快楽に屈服してしまうことが悔しくてならなかった。だがこの国の習慣がイリヤの内なる欲望を目覚めさせてしまった。もうそれに耐える術《すべ》はない。

「ふああっ、あぁ――――っ」

びくん、びくんと身体を震わせ、イリヤは男の口の中に思い切り白蜜を噴き上げた。

「あ、はあ、ああ……うんっ、んうう……っ」

色めいた、恍惚とした喘ぎが部屋に響く。あれから何度イかされただろう。男たちに性感帯を優しく、そして執拗に舐め回され、イリヤの身体は何度も登りつめていった。もうずっと乳首と、そして肉茎を舐めしゃぶられ、そして今はそれよりもっと奥、ひくひくと蠢く後孔までもぬめぬめと舌が這っている。

「ああ、はあっ、そ、そこは…っ、舐めな…っ」

「この、縦に割れた孔もいいこいいこしましょうね。こんなにヒクつかせて。お腹《なか》もむずむずしてきたでしょう？」

肉環の中に唾液を押し込まれた。入り口のあたりがじんじんする。下腹の奥はもうずっと疼いていた。ここをこじ開けて太いもので思うさま犯されたい。そんな欲求が頭をもたげて、イリヤはずっとそれを抑えつけていた。

（駄目だ。それだけは）

彼らは宮中の男たちのように、淫具や指ですませてはくれないだろう。この場所はカノアにしか許されていないのに。

「わかってますよ。挿れて欲しいんでしょう？　イリヤ様のここは犯されたいってずっと言ってますからね」

「あ、あううう……っ！」

じゅうっ、と音を立てて後孔に吸いつかれ、イリヤは甘く達してしまった。媚肉が狂おしいほどにうねる。欲しい。欲しい。

「一言、挿れてっておっしゃってくれたら、嫌というほどぶち込んであげますよ」

「〜〜〜〜っ」

言葉がそれを想像させ、それだけでイきそうになる。イリヤはぐっ、奥歯を噛みしめた。それでもその欲求からは逃れることができない。せめて指を入れてくれたなら。

「ゆ、指、でっ……」

「駄目駄目。ここに入るのは俺たちのモノだ。そうでないなら、時間いっぱいずっと舐めてあげましょうか」

「ああっ、いやだぁっ……！」

何が嫌なのだろう。この淫らな愛撫か、それとも挿入されないことか。

頭の中が白く濁る。もうよく思考が回らない。気持ちよくなりたい。奥まで。

「い、いれ、て……っ」

イリヤは無意識に言葉を吐き出していた。言ってしまってからハッとする。自分は今何を口走った？

だがそれは次の瞬間に後孔に捻じ込まれたもので嫌というほどわからせられる。

「んうあっ、ああ――――っ！」

ずうん、という衝撃とともに男根が後孔に突き入れられた。イリヤはその瞬間に達してしまう。

「あ、ひ、あああああんうっ」

「挿れられただけでイっちまった」

「王子ってみんなこんなんか？」

好き勝手に言われる声も、今のイリヤには届かなかった。まるで暴力のような快楽が全身を支配する。

「ああっ、ああっ、あああああっ」

イったばかりにもかかわらず抽送を開始され、犯される快感に喘ぐ。身体中が気持ちよくて、もうどうにもならなかった。イリヤは快楽に負けたのだ。

「イリヤ様っ…、どうですか俺のモノは？　カノア様より気持ちいいですか？」

「あくうう…っ、ああっ、そんな、わけ……っ」

びくん、びくんと腰が跳ねる。そんなことがあるはずがない。カノアのあの圧倒的な熱と質量には他の誰も叶わない。それなのに、イリヤの肉体はただの下働きである男のモノを貪っていた。果たして卑しいのはどちらなのだろう。

「どうせ奥まで調教されているんでしょう。今突いてあげますね」

男の先端が最奥の壁をずんずんと叩く。そうされると頭の中が真っ白に染め上げられた。腹の中でじゅわじゅわと生まれた快感が身体中を侵していく。

「は、ア、ああっ、んんあぁぁあっ、ひ、いい、いい……っ」

内奥がきつくきつく締まり、男を道連れにした。獣のような声が聞こえたかと思うと、体内にどろりとしたものがぶち撒けられる。

「あ――――！」

出された。

この中に注いでいいのは、彼だけだというのに。

イリヤの目から大粒の涙がぽろぽろと零れる。だが彼らにはイリヤが泣きながらイっているようにしか見えなかっただろう。

「ふー…、気持ちよかった」

「そんなに具合がいいのか、王子様のナカは」

「ああ、カノア様が独り占めしたがるのもわかるぜ」

ずるっ、という感触とともに男のモノが引き抜かれる。両脚の拘束はいつの間にか解かれていた。次の男が脚の間に来た時、イリヤは力の入らない足で男を蹴ろうとした。

「おっと、なんですかこれは」

男はその足を易々と受け止める。

「こんなになっても抵抗しようとするその心根、可愛いですな」

「んあっ、あ、ああんん…っ」

ずぷり、と捻じ込まれ、すぐに快楽で駄目になった。

「ど…どうして、こんな…っ」

これほどまでに自分の肉体が言うことを聞かないとは思ってもみなくて、イリヤが嘆くような声を漏らす。

「そりゃあ、あんたのお身体がいやらしいからでしょうよ、イリヤ様」

「こんなに全身で虐められるのが大好きって言ってる身体は初めてだ」

「だ、だま、れ…っ、んあっ、あぁぁんんっ」

口だけでも抵抗しようと思ったのに、感じる中をぐるりとかき回され、逆に嬌声を上げてしまうことになった。そのままぐぽぐぽと抽送され、快感のあまり足の爪先がひくひくと震える。

「こんなに気持ちよがっているのに、まだそんなことが言えるんですか？」

「ああ、うう…っ、あ、嫌だっ、そこっ、そんな…にっ、ぐりぐり、するな…っ、ああっ、ああっ…！」

泣きどころをねっとりと抉られ、イリヤは大きく仰け反って喘ぐ。その他の男たちにもずっと感じるところを指や舌で嬲られて、ひいひいと泣き声を上げげた。

やがてイリヤの中を突き上げる男が大きく腰を震わせ、その内部にしたたかに精を放つ。

「そらっ、受け止めろ、王子様っ……！」

「んはああっ、あぁ――…っ！」

腹の中にまたしても注がれる飛沫に嫌々とかぶりを振って絶頂に達した。

「ふう…、最高だったぜ。思い切り出しちまった」

イリヤの中から男根が引き抜かれると、ごぽっ、という音とともに白濁が溢れる。その感覚に無力感でいっぱいになるのだった。

「さあて。まだまだがんばってもらいますよ、イリヤ様」

「あっ、あっ……」

また新たな男のものが蹂躙されたばかりの入り口に当てられる。

イリヤはもう抗うことができず、ただその快感と屈辱に喘ぎ、身を震わせることしかできなかった。


「大変いい思いをさせていただきましたよ。ありがとうございます、イリヤ様」

「縛ったところ、痕になっていませんね。よかったよかった」

男たちは気の済むまでイリヤを嬲った後、拘束を解いて部屋を出ていった。イリヤはスツールの上に横たわったまま、くったりと手足を投げ出している。

（……そろそろ、戻らないと）

意識が正気に戻ってきた。それと同時にさっきまでのあられもない自分の痴態を思い出し、死にたくなるほどの羞恥と屈辱が襲ってくる。

「くっ……！」

力の入らない両腕を突っ張り、どうにか身を起こした。床に降りると足が萎えそうになる。どうにか叱咤《しった》しながら衣服をかき集め、身支度を調えた。

（早く、戻らなくては）

身体を洗い、何事もなかったかのように落ち着きを取り戻す。今のイリヤにはそれしか考えられなかった。

部屋の扉を開け、あたりを見回す。そこはしんと静まり返っていた。どこか遠くのほうで人の気配がする。ここいらは普段から人が立ち入らない区域なのだろうか。

（甘かった）

イリヤは今頃になって、ニコルに呼び出されたことを誰にも言わなかったことを悔やんだ。

まさか彼がこんなことを企《くわだ》てていたとは思いもよらなかったのだ。

だが、誰にも知らないところで、彼はあんな目に遭っていたのだ。あのまま彼が男たちの餌食《えじき》になっていていいとは、イリヤにはとても思えない。

（駄目だ。今は頭が回らない）

こんな状況で、建設的な答えがすぐに浮かぶとは思えなかった。

イリヤは足下をふらつかせながら、人目を避けて自室へと戻っていくのだった。


「――どうかなさったのですか？」

給仕の最中にラキにそんなふうに尋ねられ、イリヤはぎくりと肩を強張らせた。

「……どう、とは？」

「少しぼうっとなさっているというか、上の空のように見受けられますが。それに、少しお食事が進んでいないようにも」

ラキは主人のことをよく見ている。

イリヤは部屋に戻るとすぐに湯殿で身体を洗い、衣服を改めた。それで大分落ち着きを取り戻したが、やはり彼らから見ると様子がおかしく映るようだ。

「いや、なんでもないよ」

イリヤは想定された質問に答える。

「ちょうど疲れが出たのかもしれない。確かに体調はあまりよくないな」

「それでは典医をお呼びします」

「いや、それには及ばない。単なる疲れからだ。少し休めばよくなる」

「しかし」

「あまり大げさにはしたくないんだよ。カノア様にもご心配をかける」

ラキはイリヤをじっと見つめる。表情を探るような視線に思わずいたたまれなくなったが平静を保った。

「わかりました。ではお休みの前に薬茶をお持ちします。それからしばらくの間、お食事はさっぱりとした食べやすいものにいたしましょう」

「そうだな。頼む」

この場を切り抜けられたことにイリヤはほっとした。

(だが、本当にこれでいいのだろうか)

本来であれば、自分やニコルが受けた仕打ちをカノアに訴え、彼らになんらかの処分を下してもらうのがいいのかもしれない。普通に考えればそれがいいに決まっている。

だが、カノアに知られたくない。

イリヤの気持ちは、今それが大部分を占めていた。

あんな男たちに好きにされ、あまつさえ快楽に屈服してあられもない痴態を見せてしまった。それがカノアに知られたら、彼はいったいどう思うだろう。イリヤを好きだと言い、独占したいと言ってくれた彼が、他の男に抱かれてしまったイリヤに対しどんな判断を下すのだろう。

自分が理性的でない考えをしていることはわかっている。けれどイリヤはどうしてもそれが怖かった。

「体調が悪いとラキから聞いたが」

夜になり、カノアはイリヤのもとを訪ねてきた。気遣わしげな表情をしている。彼は本当に自分のことを思ってくれているのだとわかって、これから嘘《うそ》をつかねばならないことを心苦しく思った。

「少し、疲れただけです。何しろ、祖国とこの国では気温が違いすぎますから」

体調にも影響が出ましょう、と告げると、カノアはなるほど、と頷く。

「それ故、どうか今宵のお相手はお許しいただきたく……」

本当は彼に上書きして欲しい。けれど今は身体にどんな痕が残っているかわからなかった。体内に放たれた残滓もできる限り自分でかき出してはみたが、自信はない。

「わかっている」

カノアはそんなイリヤに疑いを持つことなく、髪に触れてきた。びくりと反応してしまいそうなのを耐える。

「ゆっくり休むといい」

唇に触れるだけの口づけ。それだけで、彼はイリヤから離れ、部屋から出ていった。

「――――」

一人残され、大きく息をつく。

自分が選んだことだというのに、大きな心細さと寂しさが襲ってくるのを止めようがなく、イリヤは自身の肩を抱きしめるのだった。


イリヤが体調不良であるということは王宮関係者にも伝わったらしく、彼らと行き会っても相手をさせられることはなかった。

だが、他の王子たちは相変わらずその役目が課せられるということにイリヤはひどく罪悪感を持つ。そしてニコルはイリヤを徹底的に避けているのか、顔を合わせることがなかった。

そしてイリヤは、あれから二度、男たちの陵辱を受けていた。

下働きの者がいない場所を通ろうと思っていても、彼らは王宮の至るところにいる。彼らは人目を盗んでイリヤに紙片を渡す。そこには日時が書いてあった。

行く必要などない。そんなふうに思っても、自分が行かないことによって何か不都合なことが起こったら。男たちが何をするのかまったくわからなくて、イリヤは彼らの要求を呑むしかなかった。

そしてまたあのスツールに拘束され、抵抗もできないまま快楽に鳴かされるのだ。

「――――イリヤ」

背後から声をかけられ、ビクッ、と肩を震わせる。

「カノア、様……」

「どうした、そんな顔をして。――――まだ、調子が悪そうだな」

通りかかったカノアにそんなふうに言われるのが気まずくてたまらなかった。

「……申し訳ありません。夜のお勤めもできず……」

「そんなことは気にするな」

指先で頬に触れられ、息を呑む。

「俺は何もお前とのまぐわいだけが目的ではない」

「……しかし、他の者は義務を果たしております……」

「義務？　義務か……」

カノアはふと首を傾げるように言った。

「そうやもしれんが、体調のすぐれぬ者にまで課すものではない。だが続くようなら、典医に見せるぞ」

「……わかりました」

カノアはふっ、と笑うと、イリヤの耳を指先で撫でていった。

「……っ」

その感覚に熱い吐息が漏れる。だが彼はそんなイリヤに気づくことなく、歩き去っていってしまった。耳に残るジン、とした疼き。

だが、今は彼に抱かれるわけにはいかない。

――けど、どうしたら。

いつまでもこの状態ではいられないだろう。誤魔化すにも限界がある。カノアの優しさに甘えているようで、自分が情けなかった。だからと言って逃げ出すこともできない。そんなことをすれば祖国に迷惑がかかるだろうし、フェリクスはあまりに遠い。

八方塞がりの中、イリヤは呆然として立ち尽くすしかなかった。


「い、や、ああ、ああっ……！」

何度目かの呼び出しで、イリヤはまた男たちに内部を穿たれていた。男根が我が物顔で中を押し開き、肉洞を突き上げてくる。

「王子様もだいぶ素直になったようだな」

「もうすっかり俺たちに馴染んだんじゃねえのか？」

違う、違うとかぶりを振る。だが乳首を摘ままれ肉茎を擦られ、暴風雨のような快感に為《な》す術がない。

「それにしても、本当に最高ですよイリヤ様は」

「……なあ、このまま俺たちでどこかで飼っちまわねえか？」

朦朧とした頭の中にそんな会話が聞こえ、思わずぎくりとする。

「さすがにヤバくねえか？　足がつくだろ」

「いや、俺、人買いの奴ら知ってるんだよ。まずくなったらそいつに売り飛ばせばいいだろ」

「王族ともなればけっこうな値段つきそうだな」

「最初からそうしとけばよかったんじゃねえか？」

彼らは恐ろしい会話をしていた。身体を好きにさせるどころか、攫《さら》われ、あまつさえ売られる――――？

「冗…談、じゃな……っ！」

イリヤは両腕の拘束を解こうと暴れた。これは自分の失態だ。こんな男たちに唯々諾々《いいだくだく》と従っていたせいで、取り返しのつかない事態に陥ろうとしている。

「諦めな、王子様」

「こういうこと、好きだろう？　なら悪い話じゃないかもしれないぜ」

「ふ…ふざけるな、だれがもう、お前たちなんかに…っ！」

次の瞬間、頬に衝撃が走った。ぶたれたのだと思ったのは、もう片方の頬を叩かれてからだった。

「あんまり駄々捏ねないでくださいよ」

「痛いのは嫌でしょう？」

男たちはとうとうイリヤに手を上げてきた。両腕は自由にならず、身体の中心を突き上げられている。この状態で逃げ出すのはどう見ても無理だった。

このままどこぞに売られ、これ以上恥を晒すよりはいっそ――――。

イリヤは舌を噛んで自害しようとした。

どうやったら上手く死ねるかわからないが、思い切り噛んでいればどうにかなるだろう。

そう思って舌を歯の間に挟んだ時、突然顎を摑まれて口を開けさせられた。

「こいつ、舌噛もうとしやがった！」

「危ねえ危ねえ」

「まったく誇り高い王子様は困ったもんだよ」

「う、んっ……ぐっ！」

口の中に布を突っ込まれる。最後の手段さえ取り上げられ、イリヤは絶望の呻きを上げた。

だがその時だった。

「貴様ら、何をしている！！」

怒号と共に部屋の扉が勢いよく開け放たれる。男たちは驚愕《きょうがく》の声を上げ、イリヤもまた瞠目した。

「げえっ！　カ…、カノア様っ！」

イリヤの体内から男のものが引き抜かれる。それと同時に口の中から布が取り去られた。

「大丈夫？　――――今、解くから」

「！」

そこにいたのはニコルだった。イリヤが驚いて彼を見ていると、ニコルは申し訳なさそうに俯いてイリヤの拘束を解く。両腕が自由になり、慌ててスツールの上に起き上がった。

その視界に飛び込んできたのは赤い血と、腕を押さえて蹲《うずくま》っている男の姿だった。あとの男たちは、壁の隅に追いやられて恐れおののいている。

男たちの前に立つカノア。その右手には剣が握られ、血が滴っていた。イリヤからは彼の後ろ姿しか見えないが、それとわかるほどに怒気が立ちのぼっていた。

「これはいったいどういうことだ」

「ひ…ひぃいっ、お許しを……！」

「許しを請えとは言っていない。どういうことだと聞いている」

カノアはたいして声を荒らげてはいない。冷ややかで、けれどその中には焦げつきそうなほどの炎を孕んでいるような響きだった。

「お…俺たちは悪くないんです！　そこの、ニコル王子が！」

「そうです！　ニコル王子が手引きしてくれたんです！」

「……っ！」

ニコルがびくりと身体を震わせる。カノアがゆっくりとこちらを振り返った。炎を内包した氷のような目がニコルを貫く。彼の身体がそれとわかるほどにがくがくとわななないた。

「先ほど俺を呼びに来たのはお前だったな、ニコル。イリヤが乱暴されているから来てくれと」

「……は、い」

イリヤは驚きに目を見張る。男たちの話によれば、ニコルは自分のかわりにイリヤを差し出したはずだ。それなのに、どうして彼が。

「……何もかもお話いたします。カノア様」

ニコルは震える両手をぎゅっと握りしめる。

「私は、ここにいる男たちに複数回にわたって陵辱を受けておりました」

彼は自分がしたことを詳《つまび》らかにするつもりだ。

「本来の、王宮の方々のお相手と共に、資格のないこの者たちに好き放題され――、耐えられずに、自分の身代わりとしてイリヤ殿を差し出したのです。そうすれば許してくれると言われたので」

声を震わせながら、それでもニコルはきっぱりと言った。

「ニコル」

「最初はとてもホッとしました。これでもう、あの屈辱を味わわなくてすむと。けれど、私の代わりにイリヤ殿がひどい目に遭っている。そう思うと、段々いてもたってもいられなくなっていきました」

「……なるほど」

カノアは低い声で言った。

「それでお前は、自身の罪が明らかになるにもかかわらず、俺に助けを求めてきたというわけだな。自分が楽になるために」

「はい。そうです」

そう答えるニコルの声はどこかほっとしているようにも聞こえる。

「お前はそれが俺をどんなに怒らせるのか知った上でということか」

「はい。カノア様」

ニコルは恭順を示したように答えた。

「そうか。では、覚悟ができているということだな」

「はい」

血塗られた剣の切っ先がニコルに突きつけられる。イリヤは次の瞬間、思わずニコルを背に庇《かば》っていた。

「お待ちください！」

「な――――」

「イリヤ⁉」

背後で驚いたような声が聞こえる。対峙《たいじ》するカノアもまた、ひどく驚いたような、むしろ狼狽《ろうばい》したような顔をしていた。

「なぜだイリヤ。俺はお前を辱めた奴らを成敗する！」

「本当に咎《とが》があるのは誰なのか、お考え直しください！」

思わず叫んだ声に、カノアは息を呑む。

「もとはと言えば、ニコル殿がその者たちに不埒《ふらち》な行いをされていたのが始まり。彼はどうにもならず、あなたに特別扱いされていた私にならと思ったのです。その件に関しては、後ほど彼から謝罪をしていただきます。それで手打ちです」

カノアに口を挟ませず、イリヤは一気に言ってのけた。

「……イリヤ」

背後でニコルの呆然としたような声が聞こえる。カノアはしばらく剣呑《けんのん》な顔をしていたが、やがて何かを呑み込むように目を閉じた。そして鋭い視線を男たちに向ける。

「お前の言う通りだ。咎はこの者たちにある。そしておそらく、俺にもな」

カノアは廊下で控えていた衛兵を呼ぶと、男たちを連れていかせた。

「沙汰は追って伝える。とりあえず投獄せよ」

「はっ！」

男たちは抵抗する気もないのか、項垂《うなだ》れたまま衛兵たちに連行されていった。

「……ありがとうございます。カノア様」

ほっとしたのか、力が抜けた。イリヤの上体がぐらりと揺れる。それを抱き留めてくれたのはカノアだった。

「……俺は今でも腹が煮えくり返っているのだぞ」

「申し訳ありません……」

「あまり心配をさせるな」

抱きしめてくれる腕が心地よい。イリヤは久しぶりに、本当に安心して彼の腕に抱かれるのだった。

それからイリヤは本当に典医に診せられ、身体の中まで診察された。男たちは事が露見しないようイリヤの身体に傷をつけないように気を配っていたので、どこも痛めてはいなかった。

それなのにイリヤはベッドに押し込められ、しばらくはそこから出ることを禁じられた。まるで重病人か怪我人のような扱いである。

「――俺はとことん蚊帳《かや》の外ってわけだったか」

「すまない。でも、こんなこと関わらないほうがいいだろう」

「そりゃあそうだが……。でも、寝覚めが悪い。俺にだって何かできたかもしれないのに」

「その気持ちだけ嬉しく思うよ」

見舞いに来たアーリンにベッド横でぼやかれ、イリヤは困ったように笑った。

「そういえば、最近少し妙なんだ」

「妙？」

アーリンの言葉にイリヤは首を傾げる。

「王宮の人たちの相手をしなくてよくなった」

「え…？」

「おかしいだろ。これまで人の姿を見かけるたびに、いやらしいことしていたくせにさ。目が合ってもこそこそと通り過ぎるんだ」

まあこっちは楽でいいけど、と彼は続けた。

「もしかして、イリヤの件と関係あるのかなと思ってさ」

「……わからないけど」

カノアは何度か訪れてくれたが、特に何も言ってはいなかった。何か思うところがあったのだろうか。

「おっと。あんまり長居したら疲れちゃうかな。じゃあ俺は行くよ」

「別にもうなんともないんだけどな」

イリヤは苦笑して軽く手を振る。アーリンが出ていってしばらくすると、扉を軽くノックする音が聞こえた。読んでいた本を退《ど》けてどうぞ、と言うと、少しの間を置いてドアが開く。

「……ニコル」

「こんにちは。お加減はどうかな」

遠慮がちに入ってきたのはニコルだった。手に洒落《しやれ》た模様の入った木の箱を携えている。

「特に痛くも具合悪くもないよ。大げさなんだ」

さっきまでアーリンが座っていた椅子を勧めると、彼はなぜかその上に木箱を置いた。

「……？」

イリヤが不思議に思うと、ニコルは突然その場に膝をついた。両手も床につき、深々と頭を下げる。

「ニコル⁉」

「――今回のことは、本当にすまなかった。謝って許されることじゃないけれど」

確かに彼には謝ってもらう、と言ったが、そこまでしてもらうつもりはなかった。彼もまた一国の王子だというのに、そんな真似をさせていいわけがない。

「もういいよ。立って。顔も上げてくれ」

「でも」

「わかった。謝罪を受け取った。君の気持ちはわかったよ」

ニコルはおずおずと顔を上げた。イリヤはさあ、と今度こそ椅子を勧める。

「その箱は？　私にくれるつもりなんだろう？」

「ああ、うん」

ふざけたように言うと、彼は素直にそれを差し出した。

「市場から取り寄せたんだ。僕の国の名物だよ」

「ありがとう。いただくよ」

木箱を開けると、そこには掌に収まるほどの壺《つぼ》が入っていて、蓋を開けると蜂蜜に浸けられた花や木の実が入っていた。

「綺麗だ」

「保存が利くから、よかったら食べてくれ」

「ありがとう」

ニコルはそれきり、何を言っていいかわからないかのように黙り込んでしまった。これはこちらから話を振ってやったほうがいいかと思った時、ふいに彼が話し出した。

「どうして許してくれたんだ？」

「……それか」

「だってそうだろう。あんなことされて平気なわけない」

「そうだな。まったく平気じゃなかった」

イリヤは窓の外に視線を移した。部屋は明かりを落としてあるが、外は強い陽差しが降り注いでいた。

「でもそれは君もだろう」

「……」

「耐えられなくなって、比較的負担の軽そうな私に押しつけた。それで楽になったはずなのに、君は楽にはなれなかった」

「……うん」

「それを聞いたら、もういいと思ったんだ。それに、あの時咎を受けるのを覚悟でカノア様を呼んでくれたし」

「ごめん。知られたくないいんじゃないかと思ったけど、あれしか方法がなくて」

「うん。結果的に助かったよ。だからあれでよかったんだと思う」

「……」

「アーリンから聞いたんだけど、王宮の男の人たちとのお勤めがなくなったんだって？」

「うん、そうなんだよ」

ニコルも少し不思議そうに首を捻った。

「会う人会う人みんな俺を避けるようにして通り過ぎるんだ。どうもカノア様の命令らしいんだけど」

「カノア様の？」

「何か聞いている？」

イリヤは首を振った。彼からそんな話が出たことは一度もない。

「それならいいいんだけど、なんか……」

ニコルは言いにくそうな顔で口籠もった。イリヤは彼の気持ちがなんとなくわかる。この国に来てから性的に爛《ただ》れた生活を送っていたのに、いざ何もされなくなると、気持ちも身体も戸惑ってしまう。

「あんなに嫌だったのにな。お咎めも覚悟していたのに、それもないし」

「カノア様も色々と思うところがあるのじゃないかな」

「そうかもね……」

ニコルはため息をつきながら言った。

「今回のことで、君のことを尊敬するようになった。あんな状況において人のことを庇うなんて、俺ならきっとできない」

「買いかぶりすぎだよ。私はそんな立派な人間じゃない」

あの男たちに犯されていた時も、結局は肉の悦びに負けていた。自分は淫らな生きものだ。彼らの言うことは正しかったのだ。

ニコルが退室し、夜になるとカノアが訪ねてきた。そういえば今日は昼間に来なかった。あの件があってから、いつも明るいうちに来ていたのに。

「今日は昼にどうしても外せない公務があって来れなかった。すまんな」

「いいえ、そんな……。私のために来ていただけるだけで」

カノアの手が頬に触れる。それだけで肌の温度が上がりそうだった。いったいもうどのくらい彼に抱かれていないだろう。

「元気そうだな」

「元々どこも悪くはありません。カノア様の仰せに従って療養しているだけです」

「そうか。ならよかった」

カノアが笑う。彼はイリヤの頰を撫でて、それからふと真顔になって告げた。

「今回のことは俺の責任だ。申し訳なかった」

「――――」

彼に謝られたことにひどく驚いて、イリヤはカノアを見つめる。

「あの時、お前に本当に咎があるのは誰なのか考えてみろと言われたので考えた。もちろん、お前を下卑た手で辱めたあいつらに非がある。だがそれと同時に、この俺にも同等に非があると思った」

「……なぜですか」

「同盟を結んだ王族の子女を、この国の王宮関係者が抱く。それは俺の祖父――先々代が始めたことだ。俺が子供の頃から、そこいら中で他国の王族が抱かれていてな。そういうことはもう普通なのだと思っていた」

アーリンが言っていたのとほぼ同じことをカノアは話した。

「俺はそういうことには興味がなかった。試してみたこともあるが、すぐに飽きてしまった。性欲を満たしたいなら、他にいくらでも相手がいるしな。同盟国の人間だと思うと、妙なしがらみができそうで面倒だったというのもある」

だが、と彼は続けた。

「お前が来て、そんな俺の考えは打ち砕かれた」

カノアの指が、イリヤの銀色の髪を何度も梳る。そのたびに妙な感覚が身体の奥底に溜《た》まっていった。

「お前は本当に、俺にとって特別だった、イリヤ。それはお前を抱いてますます確信した」

「カノア様……」

イリヤの口から熱い吐息が零れる。

「そして俺の責はここからだ。いくら先々代が始めたこととは言え、お前を特別に思うならあの慣習は放置するべきではなかった。だからああいうことが起きてしまった」

「……だからニコルをお咎めなしにされたのですね」

「ああ。あの者にあんな行動を取らせたのは、俺のせいだ」

「それでもう、誰も私たちを抱かなくなったのですか?」

「そうだ。いささか遅かったがな」

イリヤは首を振った。

「カノア様がお決めになられたのでしたら、それでよろしいと思います」

誰しもがアーリンや自分のようにここに順応できるわけではない。それなのに一人が特別扱いされていては軋轢《あつれき》も起きるだろう。今回のことはそういったものが重なり合って起きたように思う。

「イリヤ」

カノアの腕が、ぐっと肩を抱きしめてきた。

「俺を許してくれるか」

「……許しを請わねばならないのは私のほうです」

「なぜだ」

「私は、カノア様に好いていただけるような人間ではないのです」

「……どういうことだ」

イリヤは少しの間唇を噛み、観念したように顔を上げて言った。

「カノア様に独占したいと言っていただけたにもかかわらず、下劣な男たちのものを受け入れ……そして、悦んでいたからです」

カノアは何も言わなかった。沈黙が怖くなったイリヤはさらに言葉を重ねる。

「嫌というほど思い知らされました。私は本当に、淫らな存在です」

イリヤは本当のことを彼に言った。

そこまで正直に言わずとも、嫌だった、屈辱だった、とだけ話していればすむ問題だったかもしれない。

けれどイリヤは許せなかったのだ。彼を裏切ってしまう肉体を持つ自分のことが。

「私は……卑しい人間です」

「イリヤ」

「こんな私は、カノア様に特別に思っていただく資格はありませ――」

イリヤは最後まで言葉を発することができなかった。カノアがイリヤの唇を塞いだからだった。

「んっ……、んうっ」

両腕をカノアの胸に突っ張り、身体を離そうとする。だが彼の膂力《りょりょく》に敵《かな》うはずもなかった。口の中を犯してくる舌もイリヤの力を奪ってくる。

「く、ん……っ、んんっ」

そういえば彼と口づけをするのも久しぶりなような気がした。こんなことを言っている側から頭の芯がじん、と痺れてくる。

「……ふ、あっ…」

さんざん舌をしゃぶられた後、ようやっと気がすんだのか、カノアがゆっくりと口を離してくれた。

「そんな物言いをするな」

カノアの言葉には、少し怒ったような響きが込められていた。

「お前はそんな人間じゃない。もし本当に卑しい人間だったなら、あんな状況で、自分を陥れた人間を庇ったりなどできない」

「でも、それは」

「それに」

カノアは畳みかけてきた。

「お前が淫らなのは、俺がそうしたからだ」

「……確かにそれも一助だったのかもしれません」

イリヤは頬の熱さを自覚しながら続けた。

「けれど私は気づいてしまったんです。自分の中に、そういった行為を悦ぶ性質があるのを。……それは、理性ではどうにもなりませんでした」

「そんなことは、最初からわかっていたが？　というか、俺も指摘していただろう」

首を傾げるカノアにイリヤは慌てた。

「それは、そうかもしれませんが、でも！」

「俺はそんなイリヤが好ましいと思った。誰よりも欲深で、それなのにいつもは取り澄ました綺麗な顔をしている。どこまで乱れてくれるのか見てみたいと、俺の手で乱したいと思った」

「……っ」

「確かにあのような男たちに嬲られてしまったことは悔しい。だがそれは俺の失態だ。お前は何も悪くない」

「カノア様……」

「お前は美しく淫らな、可愛い俺の情人だ」

彼の言葉に、イリヤは陥落した。カノアにふさわしくないと思い込み、自分から離れようとしたのに、彼はそれを許さなかった。

「……っ、それ、なら」

イリヤは大きく息をつき、熱い息を吐き出す。

「私に罰をください」

「何？」

「あなたでない男たちに果てさせられた罪深い私に、あなたで上書きして欲しい――。」

カノア様」

「俺に罰せられたいと？」

イリヤはこくりと頷いた。カノアは少しの間黙ってイリヤを見つめていたが、やがてゆっくりと口の端を上げて笑った。ひどく雄臭い笑みだった。

「いいだろう」

彼はイリヤの耳元で囁く。

「お前に罰を与えてやろう。二度と、俺から離れられなくなるように」

「……はい……」

答える声は震えて掠れていた。身体の奥底から湧き上がる情欲。それを自覚しながら、イリヤはほとほと欲しがりな自分の肉体に呆れる思いだった。


しばらくして、イリヤはカノアの寝室に呼ばれた。

寝衣の上に羽織りだけを纏《まと》い、月夜の中を彼が待つ部屋に赴く。扉をノックしようと手を上げた時、目の前の扉が微かな音を立てて開いた。

「待ち兼ねたぞ」

「あ……」

中に引き入れられ、抱きしめられる。羽織りが音もなく床に落ちた。顎を持ち上げられて唇が重なる。肉厚の舌で口中を舐め上げられ、強く弱く舌を吸われると膝の力が抜けた。抱き上げられ、寝台へと運ばれる。そのあまりに優しい手つきに、イリヤはふと不安になった。

「……カノア様、あの……」

「そう焦るな。罰なら嫌というほど与えてやる」

まずはお前を堪能させろ、と言って、カノアはイリヤの肌を味わうように愛撫した。

「あ、んぅ…っ」

カノアの指が、唇が、舌が身体中を這い、イリヤは自分が熱に浮かされたように敏感になっていることを自覚した。彼の手が肌を一撫でしていっただけで抑えられない震えが走る。

肉体の芯は煮え滾り、呼吸が乱れて勝手に声が漏れる。

「興奮しているのか…?」

「…あ、あ」

一人昂ぶっていることを知られてしまうのが恥ずかしい。けれどカノアはそんなイリヤを可愛い、と言ってくれた。

「俺も興奮している。もうこんなだ」

「――――あっ!」

下腹部にカノアのそれが押しつけられる。それはまるで固く熱い岩のようだった。これを挿れられた時の感覚を身体が思い出して、内奥が狂おしく収縮する。

「あ、の、どうぞ、もう挿れてください…っ」

カノアに好きに扱って欲しいのも事実だったが、イリヤ自身がもう犯されたかった。この猛々しいもので圧倒され、我を忘れさせて欲しいのだ。

「何を言っている。まだまだだ」

まだほとんど前戯をしていない。彼はそう言ったが、イリヤはもう我慢できないほどになっている。身体の準備はとっくにできていた。

「今日はお前に罰を与えるのだろう？　それなら、まだ堪えていろ」

「ああっ……」

両の乳首を摘まれ、こりこりと揉みしだかれる。胸の先からじゅわじゅわと込み上げる快感が腰の奥へと降りていった。もどかしさの混ざった刺激が突き上げてくる。乳首を何度も指先で弾かれると、そのたびに脳へと快感が流れていった。

「あ、あっ、あっ！」

ぐぐっ、と背中が仰け反る。ふいに突起を押し潰すようにされて、喉まで反り返り嬌声が漏れた。

「んあぁああっ」

「気持ちがいいか」

「ん、あっ、は…いっ、きもちいい…っ」

脚の間は触れられもしていないのに固く反り返って先端を濡らしている。そこにも刺激が欲しくて腰を揺らしてみたが、カノアはいっさい触れてくることはなかった。

「そこは、後で嫌というほど可愛がってやる」

「んあっ、あぁうう…っ」

乳首を口に含まれ、肉厚の舌でじっくりと転がされた。

「ん、ふ、ふうぅ……っ」

カノアの舌先が動いて突起を刺激されるたびにイリヤの肢体がびくびくと震える。乳首の中に快楽の芯のようなものがあって、そこから気持ちよさが無限に溢れ出してくるようだった。

時折優しく歯を立てられると、鋭い快感が走って高い声を上げてしまう。一頻《ひとしき》りしゃぶられた乳首はぷっくりと膨らんで、卑猥に色づいていた。

「今度はこっちだ」

「あっ、あ——…っ、あっ」

反対側の突起も同じように舌でねぶられ、そうでないほうは指先で可愛がられる。イリヤは甘く痺れる指先でシーツをかきむしった。身体の底で快感がどんどん大きくなり、今にも弾けそうだった。

「あ、イく、イくっ……！」

胸だけでイってしまう。腰の奥がものすごく切なくなり、イリヤは耐えられず大きく仰け反った。

「んんあっ、あぁぁあ……っ！」

乳首から凄まじい快感が広がって全身を犯す。イリヤの肉茎は先端から勢いよく白蜜を噴き上げた。腰が浮いてはしたなく振られる。

「あっあ――っ……！　乳首、いく、いく……っ！」

躾けられたいやらしい言葉が漏れた。がくがくとわななく肢体を押さえつけられ、達したばかりの乳首をきゅうっと摘まみ上げられた。

「ひううっ……！」

「可愛い乳首だ。もう少し可愛がってやろう」

「あっやっ、またイくっ、も、もう、イってるから、あっ……！　んん、あぁ――～～…っ」

達して鋭敏になっている乳首をくりくりと捏ねられ、弾かれてよがり鳴く。そのまま何度もイってしまった。

乳首だけでこんなに極めてしまったのは初めてで、もうおかしくなりそうだった。カノアはそんなイリヤの肢体をうつ伏せにし、両腕を縛り上げる。

「あっ……」

「縛られるのは嫌いじゃないだろう」

抵抗できないように腕を封じられる。カノアに縛られるとまるできつく抱きしめられているようで、確かにイリヤは嫌いではなかった。

カノアはイリヤの腕を縛ると、腰の下に枕を詰め込んだ。そしてそのまま双丘を両手で押し開く。

「すごいな。ずっとヒクヒクしている」

「ああっ……！」

イリヤの後孔はさっきからずっと収縮を繰り返していた。もう欲しいのにカノアがずっとくれなかったので、ようやっと挿れてもらえるのかと身体が期待してしまう。

「俺を欲しがるように蠢いている。格別な眺めだ」

「あっ、あっ、は、恥ずかしい、ですっ……、見ない、でっ……」

カノアの視線をそこに感じると、内奥が痙攣してくる。

「ここをどうされたい、イリヤ」

「い、挿れて、ください、もう、挿れて……っ」

彼の前で腰を揺すってまでイリヤは訴えた。今ここを彼の怒張で貫かれたならどんなに気持ちがいいだろう。

だがカノアは無慈悲に言い放つのだった。

「そうか。だが今夜は罰だからな。ここにはうんと仕置きをしよう。俺以外の男を呑み込んで悦んだ罰だ」

「んあっ、あ――――…っ」

縦に割れた肉環にぴちゃりと舌が押し当てられ、ねっとりと舐め回される。

「あ、はう、あ、ア、ああっ…、んんっ、～～っ」

カノアはわざとぴちゃぴちゃと音を立ててそこを舐め上げた。指で押し開かれ、珊瑚色《さんごいろ》の壁が覗く。その部分を優しく舌先でくすぐられると腰が痙攣した。

「ああっそんなっ…！　いっ、くうっ、あっ、んんあぁぁあぁ……っ！」

がく、がくと下肢がわななく。後ろを舐められてイリヤは絶頂を極めた。それなのに欲しいものは与えられず、奥が疼く。

「あ、ああっ、せ、せめて指をっ……」

「駄目だ。ほら、唾液を入れてやろう」

「ん、ふうう っ、あーっ、じんじん、するっ……！」

唾液を舌先で押し込まれると、内壁が甘く痺れた。イリヤはシーツに伏せたまま、喉を反らして喘ぐ。肉洞は勝手にきゅうきゅうと締まり、その動きでイリヤを絶頂まで導くのだ。

けれどそれは、満たされない絶頂だ。

「すごいな……。こんなに達して」

後ろへの舌嬲りだけで何度も極めるイリヤを、カノアは感心するように見下ろす。

「ひ、アっ、は……っ」

イリヤは本当に正気を失いそうだった。肉体の暴走に頭の中がぐちゃぐちゃにかき乱される。

「ご、めんなさい、ゆるして、もう、許して……っ！」

身体が、そして心も切なくて、もどかしくて死んでしまいそうだった。彼と繋がりたい。

イリヤの意識はもうそれだけに占められているのに。

「ここに、もう俺以外の男を迎えたりしないな？」

肉環の外周を舌先でなぞりながらカノアが問う。足の爪先まで痺れそうだった。

「あ、んあぁ…っ、しませんっ、しません、もうっ……！」

「ここは誰のものだ？」

「カノア様のっ、カノア様の、ですっ……！」

イリヤは夢中で応えた。それは本当に、心からの言葉だった。

「わかった」

次の瞬間、わななく後孔の入り口に熱いものが押しつけられ、ずぶずぶと音を立てて一気に押し入ってきた。

「んああ――――…！」

イリヤの全身を稲妻のような快楽が貫く。火のような絶頂が全身を包んで、イリヤはその衝撃で達してしまった。

「待たせたようだな……。死ぬほど悦ばせてやるから、覚悟していろ」

「あうぁあっ、あっ、ああんんっ」

ぐじゅっ、ぐじゅっ、と音を立てて抽送が始まる。待ち望んでいた内壁は熱く長大な男根を咥え込んで締めつけた。逞しい怒張はそれを振り切るように動き、感じる粘膜を容赦なく擦り上げる。

「あうっ、あううっ、き、きもち、い……っ」

「気持ちいいなら一番奥まで挿れてやる」

カノアに男根を根元近くまで深く挿れられ、その先端が最奥の壁に当たった。

「ふ、う、んあぁぁぁあ」

びくん、びくんと身体が震える。カノアはそこをじっくりと捏ね回してきた。彼の先端が駄目なところに当たるたびにイってしまう。

「あっそこっ、そこ、は、あっ！　い、いい……っ、お、かしくなって……っ！」

いっぱいにされたそこでカノアの逞しいものが動く。腕を縛られ、伏せられた身体の上から覆い被さるようにして犯されるのは、イリヤの神経をひどく高ぶらせた。彼にになら、もっと虐められてもいいと思う。

「んんっ、んくうう――――……っ」

双丘をわし摑みにされ、指が食い込むほどに強く揉まれながら中をかき回される。身体中にぞくぞくと快感の波が走った。喜悦が全身を支配している。

「イリヤ……、俺がたっぷりと、奥に出してやろう。孕んでしまうほどに」

「だ、出して、くださ、奥に、奥に、あ、ああっ！」

その瞬間、最奥に熱い飛沫が叩きつけられた。カノアの濃くて熱い精がイリヤの内壁を濡らし、肉洞を満たしていく。

「ふああ、あ、あ――あ、あああ……っ！」

一際大きな極みの波に為す術もなく呑み込まれる。イリヤは緊縛された身体を身悶えさせながら、数え切れないほどの絶頂に溺れるのだった。

意識が途切れていたのはほんのわずかな間だったらしい。イリヤが目を開けると、仰向《あおむ》けに寝かされていた。

「っ……」

「起きたか」

カノアが優しく声をかける。だが、イリヤは自分が未だに縛られていることに気がついた。そして。

「こ、これは――」

いつの間にか、脚にまで縄が及んでいる。両膝を曲げた状態で、おそらく閉じられないように縛られていた。そのせいで、イリヤは両脚は大きく開いた状態になり、恥ずかしい格好にされている。

おそらく気を失っていた間、カノアには隅々まですべて見られていたのだろう。少しばかり理性が戻った頭に今更ながら羞恥が戻ってきた。

「心配するな。暴れると危ないからな。固定させてもらった」

「あ、ばれる……?」

「まだ仕置きは終わっていないぞ」

そういうと彼はイリヤの肉茎を根元からつつうっと撫で上げる。

「あは、あっ」

今日、ここを初めて直に刺激され、腰がびくん、と跳ねた。

「今度はここに、泣くほどの快感を与えてやろう」

「あ、あ……」

また、身体の中がとろりと濡れていくような感覚に陥る。さっきさんざん蹂躙された後孔がきゅうっと締まった。そこからカノアが放ったものが溢れて伝い落ちていく。

「いい眺めだ」

彼は手に何かを持っていた。

「これがわかるか」

カノアが見せてくれたのは、銀色の細い棒のようなものだった。ただし、それは波のようにゆるやかにうねっている。

「わ……わかりません」

「これは、お前のここを虐めるためのものだ」

棒の先端がイリヤの肉棒の蜜口にそっと触れた。

「っ！」

がくん、と上体が震える。カノアがその小さな孔をくちゅくちゅと棒でまさぐると、鋭い快感が腰を走り抜けた。

「そ、そんな、そんなこと、あっ！」

カノアはその棒を、イリヤの精路に入れるつもりなのだ。それに気づき、思わず怯《おび》えたように腰を引いてしまう。

「こら、逃げるな。仕置きを受けるのだろう？」

「――っ」

そうだ。彼に罰して欲しいと言ったのはイリヤ自身だ。だから彼は、イリヤに甘い責め苦を与えているに過ぎない。

「ちゃんと俺の前に脚を開いて晒すんだ。これから責められるところを」

「……っ、は、い…っ」

イリヤは震える膝頭をさらに外に倒した。さっきよりももっと身動きができず、これから受けたことのない淫らなことをされると思うと、肌の温度が上がり、鼓動が駆け足を始めた。

「期待しているのか。可愛い奴だ」

「ち、違……っ」

恥ずかしさのあまり瞳にじわりと涙が浮かぶ。けれどイリヤの肉茎は勃ち上がって震えていた。蜜口からも新たな愛液が滲み出てくる。

「なぜ否定する。お前に快楽をやろうとしているのに」

棒の先端が、蜜口の中にぐぐっ、と潜り込んだ。

「うあっ！　あ、あくうぅう……っ」

異物が細い通路に入ってくる。恐れていたほどの痛みはなかった。けれどそれは異様な感覚で、体内をざわざわと撫でられているようだった。

「力を抜いていろ。……ゆっくり入れてやる」

「あ、は……っ、あ、あうう……っ、ん」

「どんな感じがする?」

「へ、ん…っ、変な、感じです…っ、あ、ずりゅずりゅって……っ」

はあ、はあと息が乱れる。そこがじくじくと熱くなって、なんだかむず痒いようにも思えた。そんなイリヤの様子を窺《うかが》っていたカノアは、半分近くまで入れた棒をゆっくりと中で回した。

「んあ、アっ!」

イリヤは反射的に悲鳴のような声を上げる。上体が仰け反り、両脚がぶるぶると震えた。

「あ、あ、あっ……!」

「どうだ、これは?」

もう一度ぐるりと回され、今度ははっきりと快感だと認識した。剝き出しの神経を快楽の火で炙《あぶ》られているような感覚。

「くぅ、ひ、いい……っ」

そしてまた深く棒が潜り込み、精路を深く犯される。カノアが棒を細かく動かすごとに、くちゅくちゅという音が響いた。

「あ、あーっ、ああ……っ!」

身体が火のようだった。足の爪先が快感のあまりすべて開ききったかと思うと、ぎゅうっと内側に丸まる。

「よさそうだな。たまらないだろう？」

「ひ、あ、ああっ……ああっ、す、すごい……っ、き、きもち、い……っ」

異様とも言える快感にイリヤはあっという間に呑まれていった。刺激が大きすぎてつらい。けれどそんな苦悶にもまた陶然としてしまう。

「さあ、また少し奥へ入れるぞ」

「あああ、うあぁあぁあ……っ」

さらに深く沈んだ棒の先端がある場所に当たり、その瞬間びくん、と身体が跳ねた。

「ふ、あ……あ…っ！」

棒の先端がそこに当たっているだけで、腰が勝手に震え出す。例えるならばずっとイっているような感覚だった。それなのに精路を塞がれているせいで射精ができない。

「ああっ、いやだ、ここ、やだぁ……っ！」

「嫌ではないだろう」

カノアの指先が外に出ている棒の先端をぴん、と弾いた。

「くひぃいっ」

重く深い快楽が身体の奥底に沈んでくる。イリヤは口の端から唾液を零し、ひいひいと喘いだ。

「い、い…っイく、あっ、イくっ……！」

イリヤは襲いくる絶頂に身を震わせる。けれど吐き出せない熱が身体の中を駆け巡っている。そんなイリヤの肉茎に、あろうことかカノアは舌を這わせてきたのだ。

「ああ――～～っ」

もはや暴力のような快楽だった。棒に貫かれたままのそれを、舌先がちろちろと舐め上げてくる。そして先端までくると、棒を吞み込んでいる蜜口をそっと舐めていくのだった。

「ひ、い……っ、っあ、それっ、感じ、すぎっ……！」

感じすぎて苦しいと泣き喘ぐようなイリヤの声も、次第に恍惚とした甘いものに変わっていく。

「あ、ん…あっ、ふあっ、あううんっ……」

もうつらいのか気持ちいいのかわからなくなってきた。身体がふわふわと浮くような感覚に包まれる。

「出したいか」

「あっ…、あっ、あっ、んくうう……っ」

カノアが愛おしげにイリヤの肉茎を舐めながら言う。内股をぶるぶると震わせてイリヤはそれに答えた。

「だ、出し……たいっ」

「わかった」

ずる、と棒が精路から引き抜かれていく。その、身体の芯を抜かれていくような感覚にも喘いだ。

「あ、あ、あ……っ」

「今まで我慢していた分、思い切りイくといい」

やがてすっかり棒が抜けた時、忘れかけていた射精感が込み上げてくる。腰の奥がカアッと熱を帯びた。

「ひ、あ、あぁぁああ――……っ、～～～っ」

腰を何度も振り立て、イリヤは蜜口から白蜜を噴き上げながらイき果てる。腰骨が灼けつきそうだった。おびただしい蜜を吐き出し、ようやっと訪れた解放に脱力しようとした時、双丘の狭間《はざま》に再び男根が捻じ込まれる。ずうん、と奥まで突かれる感覚。

「んあぁあああぁっ」

入り口から奥までを何度も擦り上げる激しい抽送。わけがわからなくなって泣き喚くような声を上げるイリヤの口を、カノアは強引に塞いだ。

「ん、ん、ん――…っ」

悲鳴すらも奪うように舌を吸われて貪られて、イリヤはそれでも幸福だった。

「――――じゃあ元気で」

「手紙を書くよ」

「ああ、待ってる」

王宮関係者が遊学してきた王族の子女を抱くという習慣が廃止されると、イリヤたちがここにいる目的はなくなった。ランティアの議会で早々に承認されると、イリヤたちはそれぞれの国に帰還することとなる。そして、三人の中で最も遠い国であるフェリクスへの船が今まさに出ようとしているところだった。港では船が出航の準備をしている。イリヤは久しぶりに自国の衣服に改めていた。久しぶりに着るとなんだか変な感じがする。

「色々あったけど、寂しくなるよな」

「よければ、バンデラスに遊びに来てください。歓迎します」

「ああ、もちろん、うちの国にも」

「フェリクスは寒いけれど、それでもよかったら」

なんとなくこの二人とは戦友のような気持ちになっていた。

「イリヤ。ほら」

アーリンに促され振り向くと、少し離れたところにカノアが立っていた。

「行ってこいよ」

「あ――、ありがとう」

イリヤは佇むカノアのもとに歩いていく。彼は静かにイリヤのことを見つめていた。

「……色々とお世話になり、ありがとうございました」

「ああ」

カノアとはあの夜から今日まで、昼となく夜となく行為を重ねた。近いうちにこの日がやってくる。互いにそう思っていたからなのか、それはどこか切実な、確かめるようなものだった。

「身体に気をつけろよ」

「はい」

だからもう、言うべきことはないのかもしれない。彼も自分も、立場というものがある。ずっと一緒にいられないことくらいはわかっていた。最初から。

(それにしても素っ気ないものだな)

もっと情愛の籠もった別れの言葉くらい言ってくれてもよさそうなものだ。けれどそれが彼の答えということなのだろう。

「――イリヤ様。出航の準備が整いました」

「わかった。今行く」

とうとうその時が来た。イリヤは身を引き剝がすようにしてその場から一歩後ずさる。

「それではカノア王、どうかご健勝で。貴国の繁栄を心より願っております」

「道中の無事を祈る」

彼が言ったのはそれだけだった。イリヤは微笑み、アーリンたちにもう一度手を振る。

そしてもう一度だけカノアに振り返った。

「――もし、あなたが王でなければ」

こんなことは言うつもりではなかったのに。

「そうしたら、私を攫っていってくれたのでしょうか」

「――イリヤ」

「ごきげんよう」

イリヤは背を向け、フェリクスへと向かう船の桟橋を渡るのだった。


港はもう、遥《はる》か遠くにあった。あそこにはもう誰もいないだろう。

それでも、イリヤはまだ甲板から離れられずにいた。

「イリヤ様。そろそろ風が冷たくなってまいりました」

「うん」

背後から船長が声をかけてくる。イリヤは振り向かずに答えた。

「なるべくお早く、船室にお戻りくださいませ」

船長はそれだけを言い残し、その場から去っていった。イリヤは彼に感謝する。

今だけだ。ランティアの陸地が見えなくなる時まで。

けれどその視界も涙で滲んでいく。

「……最後まで、ちゃんと見ていたかったのに……」

イリヤの涙が、風に吹かれて千切れていった。

曇天の空から雪のかけらがひらひらと舞い落ちてくる。イリヤが手を伸ばすと、それは掌に落ち、すぐに解けて消えてしまった。

それは幼い頃から幾度も見たなんの変哲もない風景。それなのに、今年の雪はいつもとは違って見えた。

(私が変わってしまったからだろうか)

ランティアでのあの極彩色に彩られたような日々。つらいことも悲しいこともあったが、過ぎてしまえばもう微かな胸の痛みしか残らない。それよりもずっとずっと、忘れたくないことがあるのだ。

――あの人は、今はどうしているだろうか。

イリヤがフェリクスに帰ってきてから半年以上が経つ。アーリンやニコルからは何度か便りがあった。だが、カノアからは手紙の一通も来ない。イリヤは帰国してすぐに彼へ手紙を出したが、返事がないので二通目を出せずにいる。

(彼にとっては遊びのようなものだったのかもしれない)

くれた愛の言葉も、彼にとっては遊戯のうちだったのだろう。目の前からイリヤがいなくなれば、それはもう終わったも同然なのだ。

「イリヤ」

声をかけられ、振り返ると二番目の兄が立っていた。

「こんなところで何をしている。父上がお呼びだ」

「父上が？」

「緊急の用事だそうだ」

イリヤは首を傾げ、佇んでいたバルコニーから兄と共に父の執務室へと向かう。広い回廊は寒々としていた。

「もうすぐ本格的に冬になる。だがその前にランティアと同盟を結ぶことができて、父上も兄上も喜んでいる。お手柄だったな、イリヤ」

「ありがとうございます」

帰ってきたイリヤを、両親や兄弟たちはよくやったと褒めて迎えてくれた。第四王子が身体を張って国のために尽力してきたと捉《とら》えているのだ。そんなふうに言われると、イリヤ自身は少し居心地の悪い思いに駆られてしまうのだが。

「フェリクスに貢献できたのならよかったです。ランティアでそれなりに苦労した甲斐《かい》があったというもの」

「あ、ああ……、そうだな」

少しばかり皮肉に聞こえただろうか。兄は気まずそうに返事をした。

「父上。イリヤを連れてきました」

「入れ」

扉の前で兄がそう言い、入れと促される。

「失礼いたします」

部屋に入り、イリヤは伏せていた目線を上げた。

「――――」

部屋の中の光景を見た瞬間に、動けなくなる。自分が今見ているものが信じられなかった。

混乱がイリヤを襲う。

「――――久しぶりだな、イリヤ殿」

執務室の中には両親と一番上の兄、そして父が座る机の隣に立っていたのは。

「……カノア、様……？」

イリヤは我が目を疑った。彼と別れて、もうすぐ十ヶ月になろうとしている。カノアはさすが南国のランティアにいた時のような格好ではなく、冬服を纏っていたが、その姿は少しも変わってはいなかった。

「なぜ……、いつ、いらしていたんですか？」

「ついさっきだ。港からここまでやってきた」

イリヤは父に視線を移す。これはいったいどういうことなのかと問い質《ただ》したかった。だが当の父も困惑したような顔をしていた。

「実は、カノア殿からは何度か親書をいただいていたんだが」

そう言って父は何通かの手紙をイリヤの前に出した。それを手に取り読んだイリヤは瞠目する。

――貴国の第四王子イリヤ・ゴードン・フェリクスを我がランティア国王、カノア・マリル・ランティアの正妃として迎え入れたい。

「――」

「いっこうに返事をいただけないのでね。直接来てしまった」

フェリクスとランティアは気軽に行き来できるような距離ではない。だが、イリヤはこんな親書が来ているなんて知らなかった。イリヤが父を見ると、彼は苦虫を嚙み潰したような顔をする。

「お前のことは、別に縁談を考えておった」

この大陸の中で、同性での婚姻制度がある国は制度的に形骸化した国も含めていくつか存在する。イリヤはランティアにおいて同性同士の行為を鍛錬してきた。その経験を生かし、父はイリヤの婚姻を決めようとしていたのである。

（やはり、そんなことになっていたか）

イリヤのすぐ上の兄までは、なんらかの形で父を補佐したり、あるいは国の要職についたりしていた。それなのに自分は国の都合でよそに出され、身体を張らされ、またしても政略の道具に使われようとしていたとは。そしてそれをイリヤ自身に知らされずにいたことに軽い失望を覚えた。せめて、イリヤ自身に国のために行ってくれないかと相談してくれたなら。そうすればこの国の王族として、義務を果たそうと思ったのに。

「陛下はイリヤ殿をどちらの国に嫁がせようと思われたのか」

カノアの問いに、父は唸《うな》るように答えた。

「……マンデラだ」

隣国のマンデラ王国。確かに隣国同士で婚姻を行い、国同士の結びつきを強固にすることはよくあることだ。

「マンデラで婚姻可能な王族といえば、第五王子のウィスハム殿下しかおりませんな。しかし、彼は――――」

カノアの言う通り、隣国のウィスハムは現在独身ではあるが悪い噂しか聞かない。男女を問わず強引に召し上げ、奴隷のような扱いをしていると聞く。まともな王族であればこの男に自分の子を嫁がせたいとは思わないだろう。

「ましてやマンデラよりも我がランティアのほうが貴国に対し貢献できるとは思います

が？」

南方方面への交易ルートの確保、強大な軍事同盟。それなのになぜ父はランティアよりもマンデラを選んだのだろう。

「……ランティアは遠すぎる。それゆえ、何か事が起こっても呼び戻すのが難しい」

「それは、どういう意味ですか」

「父君がおっしゃりたいのはこういうだろう。イリヤ殿をとりあえず近くの隣国に嫁がせ、何かあれば呼び戻して別の事案に使える。だが我がランティアでは遠すぎてそれがうまくいかないので行かせたくない、とね」

「――カノア殿、いくらなんでもそれは言いすぎだ！」

「ではどういうつもりだったのかお聞かせ願いたい。少なくとも我が国は正式に婚姻の申し込みをしている。それを断るのであれば相応の理由があるはずでは？」

イリヤはその言葉に息を呑んで父を見つめる。だが父は、ひどく気まずそうな顔をして押し黙っていた。

「イリヤ」

カノアに呼ばれ、イリヤは彼に視線を向ける。

「俺と一緒にランティアに来て欲しい」

「……」

イリヤは激しい戸惑いの中にいた。彼はもう、自分のことなど忘れたのだと思っていた。それなのに、こんな遠い国までわざわざ出向いてくれた。

「……本気なのですか」

「本気でなければ、こんな寒いところまで来ない」

カノアはランティアではほぼ半裸に近い服装で過ごしていた。それがかの国での通常だったわけだが、であればフェリクスの気候はきっと耐えがたいほどだろう。

それでもイリヤは予告もなく突然現れた彼に納得できず、執務室を飛び出していった。

「イリヤ！」

すかさず彼が追いかけてくる。イリヤは角を曲がったところで、カノアに捕まった。

「怒っているのか」

「今来るぐらいなら、どうしてあの時素直に帰したのですか」

八つ当たりだとわかっている。イリヤとて、一度はここに帰ってこなければならなかったろう。だがせめて「帰らないで欲しい」の一言くらいは欲しかったのだ。

「俺だってお前を帰したくなかった。ずっと俺の側に置いておきたかった」

強引に抱きしめられる。それを拒む気力は、もうイリヤにはなかった。

「だが、お前とて立場というものがあるだろう。今後のために、正式に婚姻の申し込みをしたほうがいいと判断したんだ」

「……いいんですか。本当に私と結婚して」

「うん？」

「お世継ぎが必要では」

自分では彼の子を産んでやれない。恐る恐る告げると、彼は「ああ」というように頷いた。

「心配するな。親戚も、その子供もたくさんいる」

別に俺の子である必要はない。彼はなんでもないことのようにそう言った。

「それよりも、俺は未だお前のことが好きだが、お前はどうだ」

少し身体を離し、両手を握られる。彼の手はこんな極寒の国にあっても熱かった。

「まだ俺のことが好きか」

「……好きです」

一日たりとも、彼のことを忘れた日はない。

「それなら、お前をランティアに連れ帰って、毎日抱いてもいいか」

彼の言葉にランティアで過ごした日々が鮮やかに甦る。極彩色の花と青い空。そして繰り返される劣情と淫蕩《いんとう》の行為。今思い返せば、あれは夢のような日々だったのだ。

「イリヤ」

カノアが答えを問うように名を呼ぶ。

「……連れていってください」

震える声が唇から漏れた。彼の胸に飛び込むと、きつく抱き返される。

「あなたの国に連れて帰ってください。そして、私を毎日抱いて……ください」

「ああ」

彼の声が耳元で響く。

「お前が嫌だと言っても放しはしない。覚悟しろ」

身体の奥底にまで甘く響くような彼の声に身を震わせながら、イリヤははい、と答えた。

船に乗ってランティアへと旅立つのはこれで二度目だ。比較的穏やかな海は白い波飛沫を上げて南へと進んでいく。

前回ランティアへ赴く時は一人だった。だが今は彼がいる。それに今乗っている船はランティアのものだった。

この船で一番いい船室のベッドで、カノアとイリヤは裸で絡み合っていた。

「ん、ふ……う、ぅんっ……」

背後から抱きしめられ、顎を摑まれて深く口づけをされる。出港してから数日が経っていたが、自分たちは多くの時間をベッドで過ごしていた。船員たちも気を遣ってか、用がなければこの部屋に近づいてこない。空腹を覚えれば船内のベルで合図をする。すると食事が運ばれてくるのだ。

「イリヤ。もっと舌を吸わせろ……」

「ん……っ」

促されて舌を突き出すと、ぴちゃぴちゃと音を立てて吸われる。

「あ……ん、んん…っ」

敏感な口の中を舐め上げられるごとに甘い呻きが漏れた。

「……フェリクスとランティアが離れていて、感謝したいくらいだ」

カノアはそんなふうに囁いたが、イリヤはなんとなくわかるような気がした。二ヶ月はかかる航海の中、さしてやることもない。ましてや決して短くはない間離れていたのだ。お互いにその空白の時間を埋めるように貪り合っていた。

「……けれど、これは少し自堕落ではありませんか……?」

ため息交じりにイリヤが言う。すると前に回ってきた手に胸をまさぐられ、両の乳首を摘まみ上げられた。

「ああ…っ」

「自堕落で何が悪い」

さんざんしゃぶられ、膨らんだ乳首をかりかりと指先で刺激されると、身体中が痺れてしまう。

「あ、んうっ、あ…っ」

「もう、髪の一筋までも俺のものだ。これからは愛し尽くしてやる」

「あっ、あっ」

そんなふうに言われて、悦びを覚えないはずがなかった。弱点のひとつである乳首をねっとりと愛されて、濡れた吐息が唇から漏れる。

「ああ……っ、乳首、が、感じる……っ」

「根元から尖って、可愛い乳首だ。ほら、イきそうだろう……」

「ん、ん――……っ」

こりこりと揉み込まれて、イリヤは軽く達した。身体中がじんじんと脈打つ。くったりと身を預けるイリヤを彼は仰向けに横たえ、その両脚を大きく開かせた。

「あ……っ」

恥ずかしい部分が曝け出される羞恥に未だ震える。けれど見られるのが興奮してしまうのもまた事実だった。イリヤの脚の間のものは愛液に濡れてそそり立ち、もっと刺激して欲しいとぴくぴく震えている。

「……私を、こんなに、して……っ、責任を、取ってください……」

淫蕩な性質を秘めたイリヤを開花させ、目覚めさせたのはカノアだった。彼がこの身体と心に快楽を刻み込み、我慢できなくさせた。

「ああ。もちろんだ」

カノアは舌を出し、イリヤの股間に顔を埋めた。屹立を咥えられて腰骨が痺れるほどの快感に包まれる。

「あっ、ぅんっ…んんっ、ああ――…っ」

耐えられずに大きく背中を仰け反らせた。じゅう、じゅうう、と肉茎を吸われるごとに腰が抜けそうになる。

「んぁああ…っ、気持ち、いい……っ」

素直に淫らな言葉で快楽を訴える。そうするように躾けられ、従うとご褒美だともっと気持ちよくされる。

「俺の口の中でぴくぴくするのが可愛いな……。たっぷり舐めてやるからな」

裏筋をちろちろとくすぐられ、重点的に吸われるといやらしい声が漏れてしまう。

「あ、アっそこっ、そこ……っ」

「ここが好きだろう？」

「んっ、あんんっ、す、すき、好き、ですっ……！」

先端も剥き出しにされ、丁寧に舌を這わされて、腰を浮かせてよがった。吸われながら舌を動かされると身体の芯が引き抜かれそうな快感に襲われる。

「あ、あ、い、い…っ、いく、いくうう……っ！」

身体の下のシーツをぎゅうっとわし掴みにし、イリヤはカノアの口の中に白蜜を噴き上げて果てた。絶頂の瞬間はいつも頭の中が真っ白になる。

「……気持ちよかったか？」

股間から顔を上げて尋ねてくるカノアに、イリヤは恍惚となりながらも頷いた。

「す、すごく……っ」

「そうか。じゃあもっとしてやろうな」

またしても、ぴちゃりとそれに舌を這わせられ、腰ががくん、と跳ねた。

「あはぁあっ、だ、だめ、もう……っ」

あまり何度も口淫されてしまうと下半身ががくがくと震え、立てなくなってしまう。それほどに快感が強いのだ。

「嘘をつけ。舐められるのは大好きだろう」

思い知らせるように根元まで咥えられ、強く吸い上げられた。あまりに強い快感が脳天まで突き抜ける。

「ひぃ…っ、あっ！　ご、めんなさい、好きっ、いっぱい、舐められるの、すきぃ……っ！」

屈服してもねっとりと舌を絡ませられ、腰から下がどろどろと蕩けていきそうだった。

「あ…っ、あっあっ！　んぁああ――～～っ！」

濃厚な口淫に啼泣し、イリヤはまた達する。先ほどよりは幾分薄くなった白蜜を飲み下したカノアが後始末をするように肉茎に舌を押しつけた。

「ふ、あ、あ」

その感覚にもびくびくと身体を震わせていると、後ろをまさぐられ、彼の指が二本挿入された。

「んん、くう、ああ……っ」

そこは何度かカノアが奥で放ったので、少し動かすだけでぬちぬちと卑猥な音が響く。すでに長大なもので擦られ続けた肉洞の壁は、ほんの少し刺激されるだけで我慢できなかった。

「あ、ア、んっ、んっ、そ、そんな、されたら……っ、ゆび、だけで、イってしま……っ」

「イけばいい。ここか？」

カノアの指の腹がぐぐっ、と沈み込む。そこはイリヤの中にある泣きどころのひとつだった。

「ふあっ、んううう一っ…！」

びくん、びくんと身体がしなる。きつく締まる内壁がカノアの指を締めつけた。

「ああ…っ、意地悪は、もう…っ」

「心外な。俺はこんなにお前を可愛がっているというのに」

カノアの睦言《むつごと》に、身も心も蕩けそうになる。彼にならば何をどんなふうにされてもいい。

それはきっとカノアにもわかっているだろう。

「指も、気持ちいいけれど……、カノア様のが、欲しいです」

彼の股間で天を仰いでいるものが目に入る。それは何度イリヤを征服しても萎えなかった。少し硬度を落としても、たちまちのうちに臨戦態勢になる。

「それなら、来い」

伸ばされた腕にイリヤは縋《すが》る。抱き寄せられるまま彼の膝の上に乗り上げ、向かい合う体勢になった。

「挿れてみろ」

「あ……っ」

広げられた双丘の奥に怒張の先端が触れる。それだけで腹の奥がひくひくとわななないた。カノアの首に両腕でしがみつきながら、ゆっくりと腰を落とす。肉環に宛てがわれたものがそこをこじ開け、先端を呑み込んでいった。

「うあ、んっ、あ、あああ……っ」

ずぶずぶと音を立ててそれを呑み込んでいく。もう何度目かのカノアの巨根を、イリヤは味わっていった。

「あ、あ……っ、お、大きい……っ」

何度受け入れても、挿入の瞬間は泣きそうなほどの快感に見舞われる。今も内壁を擦りながら奥へと進んでいくそれを、イリヤの肉洞は悶えながら絡みついていった。

「ああ…、お前とずっと繋がっていたいな」

「んっ、あっ、私、も……っ」

イリヤはたまらなくなって彼に口吸いを求めた。それはすぐに与えられ、舌根からきつく舌を絡ませられる。微かに自分の蜜の味がするそれに、脳が沸騰しそうなほどに興奮した。

「ふう、ん、は、ア……っ」

やがてカノアのものをすべて受け入れてしまうと、彼は口を合わせたまま突き上げてきた。

「んんっ、んくううあぁ……っ！」

耐えきれずにがくりと喉を反らす。カノアはイリヤの腰を抱き、逃げられないように固定してからゆっくりと揺らし始める。ぐちゅ、ぐちゅ、という音があたりに響いた。

「あ、は、……あっ、ああっ…！」

「熱いな、イリヤは……。熔けそうだ」

北の国で生まれ育った自分も内部は熱いのだろうか。そうだったら嬉しいと思った。

腰を回すようにされると、内部でカノアの先端がごりごりと動く。内奥から快感がじゅわあっ、と溢れ出して全身に広がっていった。

「あ、あ——あっ、い、いい、ああ……っ」

たまらずに自分も腰を揺らす。すると彼のものが小刻みに中を刺激してたまらなくなった。

カノアの先端が最奥の壁を掠めるたびにびくっ、びくっ、と身体が跳ねる。

「一番奥を突いてやろうか？」

「や、あ、だめ、駄目…っ、か、感じ、すぎるから……っ」

「そう言われて突かないと思うか？」

「あ、だめ、あっあっ、ひぃあぁぁあ……っ！」

ずんっ！ と奥の奥を突き上げられると、重たく深い快感が襲いかかってきた。

「んあぁぁあぁ…っ！ 〰〰っ！」

いく、いく、と何度も口走りながらイリヤは絶頂に登りつめた。体内のカノアのものを絞め殺す勢いで達すると、彼は白濁をしたたかに注ぎ込む。

「んん、くううう……っ！」

イリヤは身を捩って激しすぎる余韻に耐えた。口を吸われ、夢中で吸い返していると、いつの間にか自分が上になっていた。カノアをまだ奥深くに咥えたままだ。

「あ……」

「このまま、自分で動いてみるか？」

イリヤは深くため息をついた。カノアの身体の両脇に手を突き、ゆっくりと腰を上げてみる。ずるる…と内壁を擦りながら男根が引き出されていった。

「あ、あうう……！」

カノアが吐き出した精が溢れて伝う。イリヤは陶然としながらも次第にはしたなく腰を動かしていった。

「そうだ。うまいじゃないか」

「あ、はう、んんあ、あっ、……気持ち、いぃ……っ！」

この体勢だと、自分で好きなところを刺激できることに気づいた。だが、快感が強すぎると次第に動けなくなってくる。するともどかしくなったのか、カノアが下からずうんっ、と突き上げてきた。

「ひぁ、あああっ！」

イリヤは思わず悲鳴を上げてしまう。そのまま二度三度と貫かれ、啜り泣きながら喘いだ。

「あ、ひ、ああ……っ、ああ…っ！」

この時、おそらく達していたと思う。もう自分がイっているのかそうでないのかもわからなくなっていた。汗に濡れて火照った身体をカノアの上で身悶えさせていると、ふいに彼が下からイリヤの乳首を吸ってきた。

「ひ、あうんっ…！　あっあっ」

思いがけない刺激を与えられてぐずぐずになってしまう。だが彼はそんなイリヤにお構いなく胸の突起を舌で転がすのだった。

「ああ……、だめ、それ、だめぇぇ……っ」

「ランティアに帰ったら、ここに小さなリングを嵌めてやろう。俺の花嫁だという証《あかし》だ」

「……っ」

所有の証を刻まれる。本当に彼のものにされるのだという実感に、被虐的な感覚で身体を震わせた。内奥にいる彼自身をきゅううっと締めつける。

「さあ、思い切りイくといい」

最後の追い上げか、カノアは容赦なく下から突き上げてきた。断続的な快感に翻弄され、イリヤはあたりを憚《はばか》らない声を上げる。

「あっ、あっ！　ああぁぁあっ！」

そして思い切り仰け反った時、最奥に彼の飛沫が叩きつけられる。火傷《やけど》しそうなほどに熱いそれ。

「ああ────！」

びく、びくと身体を痙攣させ、そしてすべての力を失ったかのようにカノアの上に倒れ込む。

「は……っ、はあ、はあ……っ」

さすがにこれ以上は、と思うが、少し眠った後は何か食事を口にして、そしてまた互いに抱き合うのだろう。

船は月明かりに照らされながら進む。行き先は極彩色の南の国だった。

あとがき

こんにちは。西野です。『耽溺の淫宮』を読んでいただきありがとうございました。このお話の舞台は南の国で、私の中ではハワイとスリランカとバリ島を足して三で割ったみたいなイメージになっています。この中で行ったことがあるのがハワイとスリランカなのですが、あのへんの男性の褐色の筋肉質の肉体というのはすごい、こう、なんかすごいいいいなって思いました（語彙力）。

イリヤは北の国から来たので色白ですが、エンディング後にランティアで生活していくといい感じに日焼けしていくんですかね。それもまたえっちだと思います。

挿絵のＣｉｅｌ先生とは久しぶりに組ませていただきました。Ｃｉｅｌ先生の美しく官能的な絵が大好きで……。本当にありがとうございます！

担当様も毎度お手数をおかけしておりますが、根気よく面倒を見ていただいてありがとうございました。次こそはスッと原稿を提出できるようにしたいです。

さてこの本が発売される六月に私は誕生日なのですが、まあ当然もう誕生日がうれしい年ではないのですけど、未だに妄想が枯れないというのは我ながらすごいと思います。私に才能なんてものがあるとすれば、きっとこの一点でしょう。いつでもいかにして受けさんをエッチな目に遭わせるかとか、そんなことを考えています。

原稿が終わったら湯治に行きたいです！　ちょっとひなびたところで一日中ごろごろしたり温泉に浸かったりするのが最高に楽しいのです。

それでは、またお会いできましたら。

西野　花

【Twitter】@hana_nishino

西野花先生、Ciel先生へのお便り、
本作品に関するご意見、ご感想などは
〒101-8405
東京都千代田区神田三崎町2-18-11
二見書房　シャレード文庫
「耽溺の淫宮」係まで。

本作品は書き下ろしです

CHARADE BUNKO

耽溺《たんでき》の淫宮《いんきゅう》

2023年7月20日　初版発行

【著者】西野花《にしのはな》

【発行所】株式会社二見書房
東京都千代田区神田三崎町2-18-11
電話　03(3515)2311[営業]
　　　03(3515)2314[編集]
振替　00170-4-2639
【印刷】株式会社 堀内印刷所
【製本】株式会社 村上製本所

落丁・乱丁本はお取り替えいたします。
定価は、カバーに表示してあります。

ISBN978-4-576-23074-0

https://charade.futami.co.jp/

CHARADE BUNKO

今すぐ読みたいラブがある!
西野 花の本

騎士陥落

美しいヨシュアーナの騎士——、お前を、雌に変えてやろう

イラスト＝Ciel

実力、容姿とも比肩する者なきヨシュアーナ国蒼騎士隊隊長シリル。高い家柄、可愛い婚約者、為政者の信…すべてを持ちながら、高潔な騎士は今、敵将ラフィアの手によって誇りを奪われていた。捕虜となった部下を守るため——しかし拓かれた身体は快楽を覚え、矜持を打ち砕かれるたびに精神は解放感を増し…。